Entre Ombres et Lumières

« Un Voyage Émouvant de Rédemption et de Quête de Soi »

MIXTE
Papier issu de sources responsables
Paper from responsible sources
FSC® C105338

ENCINA HENRY

Entre Ombres et Lumières

« Un Voyage Émouvant de Rédemption et de Quête de Soi »

Table des matières

Entre Ombres et Lumières

« Un Voyage Émouvant de Rédemption et de Quête de Soi »

Introduction

Dans un monde où les illusions se mêlent à la réalité, Entre Ombres et Lumières nous invite à plonger au cœur d'une quête de soi percutante. À travers les yeux de Paul, un homme tourmenté par ses démons intérieurs, le lecteur explore les méandres de la vulnérabilité humaine. Ce voyage émouvant transcende les récits de souffrance, mettant en lumière la beauté de l'art et l'importance des relations humaines.

Face à la mélancolie et au désespoir, Paul navigue entre ses souvenirs d'enfance et ses interactions avec des personnages aux histoires poignantes. Chaque rencontre devient une occasion de rédemption et d'acceptation, tandis qu'il apprend à donner un sens à sa vie, malgré les incertitudes qui l'entourent. Il se confronte à ses fantômes passés et découvre que, même dans l'obscurité, il peut trouver une lueur d'espoir.

Ce livre n'est pas seulement une exploration de l'humanité partagée, mais aussi un appel au courage et à la force intérieure. En embrassant ses luttes, Paul transforme ses mots en une mélodie d'empathie, révélant que chaque sourire, chaque larme, chaque échec et chaque victoire tissent le riche tapis de notre existence.

À travers cette histoire, Entre Ombres et Lumières invite le lecteur à redécouvrir la puissance de l'écriture cathartique et à prendre conscience du voyage spirituel que chacun de nous traverse. Préparez-vous à vous immerger dans cette aventure touchante qui résonne avec le cœur de ceux qui cherchent leur place dans une ville enfouie sous le poids de ses propres mystères.

Chapitre 1

Le Départ de l'Optimisme

Aujourd'hui, Paul se réveille avec l'impression d'être un champignon sous un tas de feuilles sèches. La lumière du matin tente de s'infiltrer à travers les rideaux, mais ne fait qu'aggraver la poussière qui traîne chez lui. Les rêves, ils ne se forment que pour le lézardage dans les méandres de son esprit, alors qu'il enfile une chemise froissée, vestige d'une soirée trop arrosée.

Il se lève, désabusé, et se dit qu'il est temps de quitter sa ville natale pour enfin affronter Paris, cette grande promesse qu'il idéalise tant. Mais au fond, il sait que c'est un simple changement de décor, qu'il cherche désespérément une échappatoire à une existence qu'il trouve aussi insipide qu'un café trop dilué. « Qu'est-ce que j'espère vraiment en filant vers cette ville ? » se demande-t-il.

À la gare, le chaos règne. Des vagues de passagers se croisent, les visages se perdent entre l'angoisse et l'indifférence. Paul se sent comme un naufragé dans un océan de cris, se faufilant parmi eux comme s'il n'était qu'un spectre invisible. Il se dit : « Bienvenue dans le monde moderne, où tout le monde se frotte aux illusions anesthésiantes de la foule. »

Quand le train arrive, il pousse une lourde inspiration, un mélange d'angoisse et d'espoir. Les portes s'ouvrent, et il se précipite à l'intérieur. Il cherche un coin où s'installer, s'enfonçant dans l'odeur de la sueur et de l'ennui. Au fond du wagon, une bande de jeunes pas si éloignés de sa pathétique réalité rit aux éclats, chacun masquant son désespoir sous des sourires forcés.

— Les rires des idiots...pense Paul, cynique.
— Un bon moyen d'oublier la vacuité de leur existence. Il s'assoit, observant ses compagnons de voyage, perdu dans ses réflexions amères.

Soudain, une voix familière l'appelle. Charlotte. Il l'aperçoit, sa silhouette vibrante, presque comme une explosion de couleurs dans ce train rétréci.
— Salut, poète du désespoir ! Toujours à jongler avec ta mélancolie ? lance-t-elle avec un sourire qui semble défier la logique.

— Je suis plutôt un observateur du désespoir, rétorque-t-il, un rictus sur les lèvres.
— Ce monde, c'est un sketch tragique dont nous sommes tous les acteurs.
Charlotte rit, un son franc, qui résonne comme une promesse d'un mieux. Elle ne se laisse pas abattre facilement, et ce qu'il admire — ou qu'il déteste, il ne sait plus. « Oui, mais dis-moi, pourquoi s'enfermer dans cette vision noire ? La vie est trop courte pour déprimer, même à Paris. »

Paul soupire.

—Paris, la ville des prétentions. Les rêves d'hier s'effacent. Entre les murs de béton, les espoirs pourrissent rapidement.

— Il se laisse emporter, rejetant toute illusion de poésie.

—Tu ne peux pas voir la beauté dans le lourd fardeau que nous portons tous ? demande Charlotte, arquant un sourcil, visiblement piquée par sa vision morose.

— La vie est une farce, il faut juste apprendre à rire des tragédies.

— Rire ? C'est peut-être la seule chose qui nous appartient vraiment, mais elle ne fait que masquer le vide qui nous entoure.

Paul regarde par la fenêtre, comme si la ville pouvait lui donner une réponse.

La conversation se poursuit entre eux, un jeu d'ombres et de lumière, alors que le train file vers sa destination. Il se laisse porter par les mots, conscient que son cynisme aggrave son propre désespoir. Il sait que, pour eux, vivre c'est jongler avec le noir et le noir.

Quand ils arrivent à Paris, Paul sent une chaleur se lever dans sa poitrine, à la fois exaltante et terrifiante. Il descend du train, se laissant emporter par le flux des passants qui louvoient entre rires et pleurs.

Dans un café, il s'installe, écoutant un monde qui bifurque entre lumière et obscurité. Les murs en dégueulassent de graffitis, souvenirs accrochés aux parois, encore bruyants sous les discussions feutrées des clients. Il prend un café, tiède, peu enclin à lui apporter du réconfort.

Une table dans le coin attire son regard. Un homme, les yeux embués, fume comme s'il essayait d'inhaler des rêves oubliés.

— On est tous des clowns dans ce cirque, tu sais ? dit-il, en toussant entre deux bouffées de fumée. — L'illusion de la vie ne fait que nous faire reculer.

Paul lui jette un regard, un brin amusé.

— Un cirque, certes, mais sans magie. Juste des ombres sur une toile horrible.

Ce dernier éclate de rire, conscient de l'absurdité de leurs vies.

—Peut-être mais tu sais quoi ? Parfois, il faut se balancer. Rires intercalés avec quelques larmes constituent la recette idéale.

Alors qu'il s'installe, Charlotte revient, illuminant un coin de la pièce.

— Qu'est-ce que tu fabriques, ici ? Tu me laisses à la porte du désespoir, Paul !

—Je médite sur le sens de la douleur collective réplique-t-il, sarcastique.

— Ou peut-être juste comment devenir un bon sommelier des pleurs.

Elle rit, mais un silence le prend.

—La souffrance est notre fardeau, oui. Mais tout le monde s'entend la porter. Tu dois juste apprendre à l'apprécier, comme un bon vin. C'est la mélancolie au fond de ton verre.

Le café devient une scène où se nouent des destins, dans une valse d'espoirs déchus, les rires se mêlant aux larmes. Paul comprend alors qu'il ne peut pas fuir – la ville, les gens
— rien ne changera.

Tous ces visages, qu'il observe, portent des secrets ; tous vivent la même tragédie humaine.

Peut-être, riant des drames de chacun, il trouve une sorte de réconfort, réuni dans cette danse macabre. Chaque mot, chaque geste, devient une étincelle dans l'obscurité.

Et alors que la nuit commence à s'étendre sur Paris, il se laisse aller à l'absurdité de la vie. Les mots qui enflent dans son esprit lui promettent de bons récits. Après tout, la douleur est le souffle de l'art. Peut-être verra-t-il une beauté dans cet instant, dans cette collectivité de désespoir, et un lointain espoir pourrait encore poindre au milieu de tant de ténèbres.

La nuit déploie ses ailes sur Paris, et les lumières artificielles scintillent comme des étoiles essayant de se frayer un chemin à travers la pollution et le désespoir. Paul se penche un peu vers l'avant, intrigué par les murmures des clients autour de lui, tous engagés dans leurs propres tragédies quotidiennes.

Chaque conversation, chaque éclat de rire cache une douleur que chacun préfère ignorer. Deux tables à sa gauche, un couple lutte avec une dispute sourde, leurs mots tranchants blessant l'air déjà chargé d'amertume. —Tu sais, c'est fou, on se bat pour si peu ! pense-t-il, ironique, observant les couples qui se déchirent dans un cadre digne d'un tableau de catastrophe.

— Ils devraient vraiment se faire des câlins au lieu de s'arracher les âmes, » murmure Charlotte, qui semble avoir capté ses pensées.
Elle l'observe, amusée, avec ce petit rictus sur les lèvres, comme si elle voyait au-delà des apparences.
— Mais bon, c'est ça, la beauté du merdier humain. Chacun joue sa pièce, même si la fin ne leur plaît pas. »
—Oui, la vie est un grand malentendu. Tout le monde s'accroche à des espoirs futiles, » répond Paul, ses mots un peu acerbes.
— Ils s'imaginent que l'amour sauvera tout, alors qu'il ne sert souvent qu'à enrayer davantage le désespoir. »
—Dis-moi, dis-moi… » dit-elle, l'air espiègle.
—Si tu dois écrire, fais-en un roman sur ce cirque. 'Le Grand Désespoir', ça sonne bien ! »

Il sourit, légèrement.
—Peut-être qu'un titre aussi accrocheur lui vaudra un prix. Trop de cynisme dans ce texte, toutefois… Personne ne supporte le goût des vérités amères. »

Les clients autour d'eux s'abrutissent de vin, de rires et de promesses non tenues. Paul se rend compte qu'ils cherchent tous à échapper à la réalité.

— C'est triste de voir à quel point ils gaspillent leurs vies en essayant d'éteindre ce feu intérieur. »

—Tu sembles avoir compris quelque chose que nous avons tous raté, lâche Charlotte, ses yeux brillants d'une lueur intrigante. «

— Quelque chose de précieux dans cette obscurité ; le désespoir devient un art, une danse entre deux solitudes. »

—Ça doit être ça, l'art du désespoir, » admet Paul, un brin provocateur.

— Se vautrer dans son malheur tout en concoctant une jolie histoire autour. C'est un peu ce que je fais, non ? » Elle éclate de rire, un son cristallin qui résonne comme une cloche dans le tumulte ambiant.

— L'héroïsme vient de la façon dont on s'en sort. Regarde ces gens, là-bas. Ils se battent dans leur coin comme de vieux boxeurs usés, perdus dans leur propre ring.

Ce combat de chaque jour est l'épice de l'existence, je te le dis ! »

Sur ces mots, elle glisse vers un couple d'un autre âge qui se dévisage froidement.

— C'est comme une danse, une valse tragique. Presque romantique, non ? »

Paul n'est pas convaincu.

— Romantique ? Si tu veux. Mais c'est plus une farce désespérée qu'autre chose. On fait tous semblant de savoir danser alors que nos pieds glissent sur un sol pourri. »
— Peut-être que c'est là le secret de la vie, » suggère-t-elle avec un air de défi.
— La beauté dans l'abîme. La capacité à danser même lorsque la musique est tordue. »
Il ne peut pas s'empêcher de sourire à son enthousiasme, son cynisme à fleur de peau. Elle a une manière de transformer la noirceur en quelque chose de presque… lumineux. C'est dérangeant et vivifiant à la fois, comme une brise d'hiver qui réveille les sens.
À mesure que la nuit avance, les conversations autour d'eux se désagrègent petit à petit, se dissolvant à coup de verres qui s'entrechoquent et de mots lâchés. Paul scrute les visages, observant les ombres qui les traversent. Une femme assise à la table voisine se perd dans son téléphone comme si c'était une bouée de sauvetage. Pendant ce temps, un homme, déjà au bord de l'ivresse, divulgue sa vie avec un aplomb touchant, ses mots s'entremêlant dans le vide qui l'entoure.
Paul se rend compte qu'il partage son sort avec ces âmes égarées.
—Si tout cela se résume à une danse macabre, alors je devrais m'en inspirer, » se dit-il, un brin provocateur.
— Écrire sur ce désespoir ambiant et en faire un poème, une tirade sur les illusions de la vie. »

—Bien sûr ! Écrit, Paul, fait de cette ville une toile où soufflent des cris silencieux. »

Charlotte l'encourage avec un sourire complice, sa voix vibrant comme une mélodie légère au-dessus du brouhaha.

—N'oublie pas, chaque larme peut devenir un mot. »

Il lui jette un coup d'œil, une étincelle se voulant sérieuse.

— Et chaque sourire peut se transformer en une mèche de fumée. »

— Oui, mais ce sont les larmes et les rires qui nous effraient, » dit-elle, un frisson dans la voix. Elle lui lance un regard qui creuse un petit sillon dans son cynisme. « Dans chacun de tes mots, l'obscurité devient révélatrice. La vraie tragédie, Paul, c'est que nous ne voyons pas la beauté dans ce chaos. »

Et ça le touche, quelque part. Dans ces échanges, dans ces morceaux d'humanité qu'ils partagent, il commence à saisir l'essence même de son existence. Ils sont tous perdus dans cette toile tissée de mélancolie, mais il y a quelque chose dans le partage du désespoir, quelque chose de précieux.

Une pensée fugace l'effleure. Peut-être qu'il pourrait rassasier son besoin d'écriture avec la douleur de ce café, les histoires invisibles flottant autour de lui comme des fantômes.

— Si je parvenais à capturer cette essence… » il laisse la phrase en suspens, conscient qu'il est sur le point de découvrir une réalité qu'il avait négligée.

La nuit prend de l'ampleur, et chaque minute qui passe ajoute une nouvelle couche à leur connexion. Au milieu du tumulte de ces voix, des rires et des pleurs, Paul se rend compte qu'il ne se sent plus aussi seul qu'auparavant. Dans cette valse de désespoir, un fil ténu d'espoir perce l'obscurité.

Il bondit, une idée soudaine jaillissant dans son esprit.
— Charlotte, que dirais-tu d'une petite aventure à travers Paris ce soir ? S'aventurer dans les ruelles, au gré des histoires à raconter. »

Elle réagit comme une flamme s'embrasant au vent.
— Une quête pour retrouver l'essence même de notre art ? J'adore l'idée ! »

Vingt minutes plus tard, ils sortent du café, leurs rires se mêlant au cliquetis des verres abandonnés. Paul observe la ville, trouvant une sorte de magie dans cette obscurité. Peut-être que Paris a encore quelques secrets à lui révéler, des morceaux de récit cachés dans ses profondeurs.

Et alors qu'ils plongent dans la nuit parisienne, trempés dans cette danse des ombres et de la lumière, une nouvelle histoire commence à se dessiner. Écriture, désespoir, aventure. Tout s'entrelace dans une toile complexe, et pour la première fois, Paul sent le frémissement d'une inspiration qu'il avait perdue.

Pourtant, au fond de lui, il sait que cette nuit ne sera qu'un moment fugace. Mais dans l'immédiat, il se sent vivant. Et c'est peut-être tout ce dont il a besoin.

Chapitre 2

La Grande Ville

Il est un peu plus de neuf heures du matin lorsque Paul quitte le café, l'esprit encore assailli par l'effervescence de la nuit. L'air frais du matin le saisit, une bouffée d'adrénaline. Paris, comme un grand organisme vivant, s'éveille lentement. Le bruit des klaxons et le cliquetis des talons sur le pavé l'entourent. Les murs gris, empreints de graffiti, apparaissent presque lumineux à cette heure.

Il frôle les trottoirs animés, tandis que les images de la nuit précédente se superposent à la réalité. Il pense à Charlotte, à la façon dont elle semble tirer du rire même du néant. Mais il se rend vite compte qu'il a besoin d'une pause. Une pause qui pourrait se transformer en une avancée dans cette ville où tout semble possible.

Il emprunte une rue étroite, effleurant une boulangerie au passage, où une odeur de pain chaud le prend à la gorge. « Oui, un bon croissant aurait de quoi embellir ma tartine de désespoir, » murmure-t-il en souriant, une ironie qui le fait sourire.

Il se pose à une petite terrasse, commandant un café et un croissant. L'établissement, modeste, est orné de petites tables en fer forgé. Une serveuse lui décroche un sourire poli, dire que cet instant de banalité le fait se sentir vivant.

Les minutes passent, et alors qu'il savoure son café, il remarque un groupe de vieilles dames à la table voisine. Elles parlent haut et fort, discutant de tout et de rien. À un moment, l'une d'elles, une rousse aux cheveux en bataille, lance une anecdote sur son petit-fils, avec cette passion que seuls les grands-parents peuvent avoir.

— C'est fou comme il grandit vite, j'en finis par oublier ses prénoms, rigole-t-elle, provoquant un éclat de rire général. Paul se dit que même une histoire banale, quand elle touche aux cœurs, devient belle. Cet éclat de bonheur résonne en lui, un écho qu'il n'avait pas prévu.

Après avoir englouti son croissant, il sort de la boulangerie, se promenant sans but précis, laissant ses pas le mener. Dans sa tête, de nombreuses pensées défilent : l'envie d'écrire, les discussions transcendantes avec Charlotte, et cette soif d'en connaître davantage sur Paris, cette ville capitale.

Soudain, il aperçoit une librairie. Il s'arrête, fasciné par son ambiance. Les livres empilés, les couvertures colorées, tout cela lui rappelle son rêve d'écrivain. Un maigre sourire s'affiche sur son visage. En entrant, une cloche tinte au-dessus de sa tête.

Le propriétaire, un homme au teint blafard, l'observe du coin de l'œil, trop absorbé par un livre pour lui prêter attention. Paul flâne entre les allées, se laissant envoûter par l'odeur du papier et de l'encre. Ses doigts effleurent les couvertures, comme s'il caressait les âmes qui se cachent derrière chaque volume.

—Vous cherchez quelque chose de précis ? demande finalement l'homme, en levant les yeux, son accent presque chantant.

Paul hésite.
—Non, juste… en chasse pour quelque chose qui me parle.

—Parfois, il ne faut pas chercher bien loin. On tombe sur les plus belles histoires par accident, déclare le libraire, un sourire mystérieux sur les lèvres.

—Un peu comme la vie ? Paul ne peut s'empêcher de faire remarquer.

— Absolument. Tendez l'oreille et écoutez, la ville parle, » répond l'homme avant de retourner à son livre.

Paul acquiesce, un peu déconcerté, mais ravi à la fois de cette rencontre. Il flâne encore un moment, attiré par une section qui parle du Paris des artistes. Il feuillette un livre où des peintres, écrivains et musiciens se battent pour laisser leur marque dans cette métropole désenchantée.

Un peu plus tard, il quitte la librairie, le cœur léger, un livre sous le bras. Il se dirige vers le canal Saint-Martin, un lieu qu'on lui a recommandé. Les quais sont moins fréquents ce matin-là, et il s'installe sur un banc, en pleine contemplation.

Les eaux calmes du canal reflètent le ciel nuageux. « C'est là que la poésie se cache, se murmure-t-il à lui-même. » Ce coin tranquille lui offre un moment d'introspection, une petite bulle hors du tumulte de la ville, où il peut laisser vagabonder ses pensées.

Tout à coup, un bruit de tasses qui s'entrechoquent lui rappelle qu'il n'est pas seul. Au niveau d'une petite terrasse, un groupe de jeunes, éco -responsables en diable, discute fort. Ils ont un look d'écolo à plein temps, la barbe peu soignée, les vêtements usés, et l'enthousiasme débordant.

—Je vous dis que si chacun faisait un petit geste, on pourrait vraiment changer le monde ! » s'exclame un jeune homme aux cheveux en bataille, les mains gesticulant comme celles d'un passionné de théâtre. Ses yeux brillent d'une foi absolue.

—Et pendant ce temps, on se fait broyer par ce système qui n'en a que faire ! rétorque une jeune femme avec un piercing au nez, croisant les bras. — Nous devons tous nous lever et agir. On devrait occuper le ministère de l'Économie pour faire entendre nos voix. »

Paul, amusé, se dit qu'avec une telle ferveur, ils pourraient vraiment provoquer un changement, même minime. Leurs actions résonnent comme une belle absurdité, un enthousiasme juvénile qu'il n'a pas regardé depuis bien longtemps.

Un autre jeune, à l'air plus pragmatique, observe la scène.

—Attendez, occuper un ministère ? Ce n'est pas une blague ? On a d'autres moyens de faire entendre notre voix que de se faire arrêter. »

Les discussions s'enflamment, les différents points de vue se côtoient sans jamais vraiment converger. Paul, amusé, se lève pour les écouter un peu plus près. Tendre l'oreille, c'est ce qu'il veut faire, comprendre cette jeunesse qui se débat dans son propre désespoir.

—Parfois, on a juste besoin de crier pour qu'on nous entende, » lance un autre, au fond de la table, sa voix presque perdue. «
—Même dans le bruit, on doit se battre pour que les autres sachent qu'on existe ! »

Ce discours frappe Paul. Il est touché par cette quête de sens, par cette lutte pour faire entendre leur voix, même si c'est maladroit. Il se rend compte qu'il a laissé cette passion de côté, trop absorbé par ses propres déboires.

—Il décide de s'approcher.

Excusez-moi, j'ai écouté votre conversation. Vous semblez vraiment croire que ce monde peut changer. Est-ce que vous ne perdez pas espoir parfois ? demande-t-il, curieux.

Le groupe se tourne vers lui, surpris. Le jeune aux cheveux en bataille répond : «
—Perdre espoir ? Non, jamais ! C'est justement parce qu'on vit dans un monde dégoûtant qu'il faut agir. »

—Oui, mais sans stratégie, vos cris mènent à quoi ? rétorque Paul, pensant à son propre cynisme.

La femme au piercing prend alors la parole, un sourire ayant disparu de son visage. «
—C'est cette colère qui nous motive ! Regarde autour de toi, les déchets, la pollution… On doit se battre pour un avenir meilleur ! »

Paul hoche la tête, l'enthousiasme juvénile lui rappelant quelque chose qu'il avait oublié. Peut-être que, dans cette lutte, il y a un sentiment de fraternité qui lui manque tant.

—Sinon, quelles solutions laissez-vous pour ceux qui vous écoutent ? interroge Paul, curieux de connaître leurs plans concrets.

Le groupe se met à discuter, chacun contribuant avec ses idées, des manifestations aux projets d'entraide. L'énergie qui émane d'eux est contagieuse. Il comprend qu'ils n'ont pas seulement l'espoir, mais aussi une volonté de changer les choses.

Soudain, un plus vieux, assis en retrait, glisse
—Vous avez raison. Parfois, le changement ne vient pas de manifestations, mais de gestes quotidiens. Remplacer une paille en plastique par une réutilisable, par exemple. »

Les jeunes éclatent de rire, un rire partagé, une complicité naissante entre générations. «
—C'est vrai, même les petites actions comptent ! S'il y en a assez, ça finit par créer un effet domino, acquiesce l'un d'eux.

Paul reste là, se remémorant ses propres actions passées. Dans cette ville où il cherche un sens à sa vie, ces échanges lui rappellent qu'il n'est pas seul face à l'absurde. Avant de partir, il se présente et leur parle simplement de son envie d'écrire, au cœur de ce vrai désespoir.

—Écrire, c'est partager l'espoir au milieu du désespoir, non ? Faire résonner des voix. Peut-être qu'un jour, je raconterai vos histoires.

Les jeunes l'écoutent, un mélange d'admiration et de curiosité sur leur visage. Cela leur donne envie de partager, d'ouvrir leur cœur. Ils échangent leurs coordonnées dessinées sur un coin de table, insistant sur l'idée qu'il pourrait abandonner son cynisme.

Le petit groupe se sépare, des promesses de se revoir. Après avoir partagé leurs énergies, Paul se sent revigoré. Il a finalement décidé d'un rendez-vous pour les jours prochains.

La lumière du jour diminue, et alors qu'il se dirige à nouveau vers le canal Saint-Martin, il laisse ses pensées vagabonder. Cette nouvelle génération lui montre que malgré les obstacles, il y a de l'espoir. Peut-être n'est-il pas trop tard pour lui-même ?

La magie de Paris l'ensorcelle, et ses pensées s'entremêlent. Il retrouve une vigueur qu'il croyait perdue. « Demain, je sortirai au grand jour, et je laisserai les mots me guider » se promet-il.

Il s'installe à nouveau sur un banc, maintenant seul, mais pas vraiment. Dans ce silence nocturne, chaque éclairage du canal paraît scintiller comme un reflet de ses pensées. La beauté du désespoir, il l'a enfin trouvée, au cœur d'échanges sincères, et il sait qu'il va devoir s'en servir dans ses écrits.

Le crépuscule s'installe, et l'air frais monte d'un souffle nocturne. La nuit, jadis redoutée, lui apparaît maintenant comme un refuge. Paul comprend qu'il a encore des histoires à raconter, un monde à explorer, et une place à occuper dans cette vastitude urbaine.

La ville qui l'accueille, la ville qui brave le désespoir avec tant de fureur et d'espoir, lui offrira sans doute encore bien d'autres surprises.

Chapitre 3

Rencontres Inattendues

Le soleil s'est levé un peu plus haut dans le ciel, et Paris, avec sa frénésie contagieuse, semble prendre sa pleine mesure. Paul erre dans les rues, ses pas le guidant au gré des odeurs, des sons et des visages qui s'entrecroisent dans la mosaïque humaine de la ville. Tout cela, il le vit avec un regard critique. Chaque sourire croisé lui paraît suspect, chaque éclat de rire, une dissimulation.

« La plupart des gens jouent un rôle, » **pense-t-il alors qu'il observe deux jeunes femmes conversant joyeusement en attendant le bus.** « Si seulement ils savaient que la vie n'est pas un spectacle, mais une farce sinistre. »

Il s'arrête devant une boutique d'antiquités. Les objets s'y entassent, témoins d'histoires oubliées, et il se demande si ces vestiges peuvent encore vibrer d'émotions honnêtes. « Mais voilà, même ces vieux trucs sont pris dans le cirque de l'illusion, » se murmure-t-il. Dans sa tête, le pessimisme s'accroît.

Un clochard s'approche de lui, le visage marqué par les ans. Ses yeux, pourtant remplis de lumière, trahissent la dure réalité de la vie. «
—T'as une pièce, mon gars ? demande-t-il d'une voix rauque, pleine de dignité.

Paul lui jette un coup d'œil, indécis.
« Pourquoi les gens se fatiguent-ils à mendier ? Le monde ne nous doit rien. » Mais, par réflexe, il fouille dans sa poche et lui tend une pièce.

— Merci, mon ami, répond le clochard, les yeux pétillants de gratitude.
— Même une petite aide peut faire la différence.

— La différence ? En quoi une pièce pourrait-elle changer votre destin ? rétorque Paul, irrité par sa naïveté. Il s'éloigne, pressant le pas, laissant derrière lui cet échange qui ne fait que nourrir son amertume.

Il rejoint la rue de la Roquette, où la jaunisse des pas du temps semble imprégner le pavé. Les cafés débordent de clients, mais il préfère se perdre dans la foule. Les conversations s'entremêlent autour de lui, créant une bande sonore familière qui l'entoure comme une seconde peau.

« N'est-ce pas là la définition même de la vie ? Une bouffonnerie collective, » **murmure-t-il en se pliant pour admirer une vitrine d'un magasin de vêtements vintage. Les vêtements finissent par se regrouper comme les gens, tous cherchant désespérément à se distinguer tout en se fondant dans la masse.**

Alors qu'il flâne, perdu dans ses pensées, Paul tombe sur un artiste de rue. Un homme, barbu et armé de quelques pastels, dessine des portraits des passants. L'art, sous cet angle, l'intrigue, mais il reste méfiant.

— Les gens adorent cela, n'est-ce pas ? Se faire immortaliser dans une image flashy, comme si cela pouvait leur offrir une éternité qu'ils n'auront jamais, » pense-t-il, écartant les yeux.

— Eh, toi ! appelle l'artiste, l'air taquin.

— Ça te dirait un portrait ? Un visage aussi tourmenté mérite d'être capturé !

Paul lève les yeux, perplexe. «

— Qu'est-ce que ça va vous apporter ? Les gens n'aiment qu'un instant de gloire éphémère. Ils ne veulent pas voir la laideur de leurs âmes, seulement leur beauté extérieure.

— C'est justement ça le sujet ! répond l'artiste, un sourire aux lèvres. Parfois, il suffit d'une image pour prendre conscience de ce qu'on est vraiment.

Un reflet faussé, alors. Paul rêve d'entraîner cette discussion vers des abîmes de réflexions toutes plus sombres les unes que les autres, mais quelque chose dans l'enthousiasme de l'artiste attire son attention. Il s'approche, curieux malgré lui.

— D'accord, j'accepte de poser, mais je ne vous garantirai pas une belle âme à capturer. Sa voix résonne avec une pointe d'amertume, mais il finit par s'asseoir.

L'artiste s'affaire avec ses pastels, et pendant ce temps, Paul l'observe, intrigué par la passion qui émane de chaque geste. Les artistes ne connaissent-ils pas le côté sombre de l'humanité ? » se demande-t-il.

— Dis-moi, qu'est-ce qui te tracasse autant ? reprend l'artiste, comme s'il avait capté la mélancolie dans le regard de Paul. «

— On dirait que tu portes le poids du monde sur tes épaules. »

Paul soupire, envisageant un instant de se dévoiler. — J'essaie de comprendre, je suppose. Pourquoi les gens choisissent-ils d'ignorer leurs propres vérités, de se réfugier dans des illusions ?

— La réalité est souvent brutale, répond l'artiste. — Ils préfèrent les couleurs des rêves aux grimaces de la vérité. »

— Oui, et c'est ce qui me désespère. Comment peut-on se réjouir, alors qu'on sait parfaitement que tout cela n'est qu'une façade ? Paul grince des dents, se laissant emporter par son propre cynisme.

— Peut-être que vivre dans une illusion est plus agréable que de brûler dans la réalité... glisse l'artiste.

Paul laisse échapper un rictus amer.
— Et qu'est-ce que vous en faites, de cela ? L'art devient alors un carcan qui nous empêche de voir la vérité.

— Ou une porte ouverte. L'artiste souligne les traits de Paul sur le papier, capturant sa mélancolie avec une précision déconcertante. «
— Tout dépend de la façon dont on l'aborde.

De l'autre côté de la rue, un homme s'égosille, distribuant des tracts pour une cause qu'il croit noble.
— Vive la liberté ! Luttez pour vos droits !
Il crie, le visage enflammé par la passion. Paul n'y prête pas attention, mais il remarque le regard des passants, tous balayés par cette tempête de paroles vaines, comme des marionnettes se pliant à une volonté supérieure.

Le rythme de leur vie le désole. « On n'est que des acteurs dans une pièce pas écrite, » se dit-il en haussant les épaules.

L'artiste, interrompant ses pensées, lui fait signe : — Et toi, là-dedans ? Que trouveras-tu pour te libérer ?

Paul chuchote :
— Peut-être juste une plume pour écrire une vérité qui dérange. Mais trouver cette plume dans ce chaos... c'est le défi.

Le portrait se termine, et ils échangent un regard, une compréhension tacite des luttes que chacun porte. «
— Tu vois, même avec cette amertume, tu brilles d'une manière. C'est une force.

—Tu es un écho de l'humanité. Sous les couches de cynisme, il reste une lueur d'espoir. Partir à la recherche d'un sens au milieu du tumulte, c'est audacieux.

Et là, devant lui, l'illustration saisit son attention. — C'est moi, mais les traits sont tirés, la mélancolie écrite sur chaque ligne, murmure-t-il, touché.

— C'est ton côté vrai, rétorque l'artiste avec un sourire. — Les ombres font aussi partie de notre lumière. Apprends à les accepter.

Paul hoche la tête, repoussant cette fragilité qu'il refuse de reconnaître. Il se lève, un sentiment ambivalent dans son cœur.
— Merci, je prendrais ça en considération. Mais vous savez, cela n'a pas que le goût du désir, souffle-t-il.

Ils se séparent, l'artiste lui lançant un dernier sourire, et Paul se perd à nouveau dans la rue. À Paris, il prend son temps, mais chaque mouvement semble une danse, un balai de pensées qui l'invite à confronter la morosité ambiante.

Tout cela, c'est un peu comme une marée d'énergie contradictoire. Il déambule, ses pensées tourbillonnent autour de l'art, des illusions, du rêve et du désespoir. Dans ce monde, chaque conversation, chaque rencontre semble être un reflet des luttes internes. Les regards échangés, les rires, les cris, tous se mêlent à la trame de sa journée.

En continuant sa flânerie, il bifurque sur un pont – le pont des Arts. L'eau, calme et sombre en contrebas, lui rappelle ses propres abîmes. Les couples se tiennent par la main tout autour de lui, scellant des promesses sous le ciel parisien.

Honnêtement, cela le fait sourire, mais plutôt avec amertume. Ces gens s'adonnent à un amour qu'ils romantisent, et il se fiche de leur idéalisation.
« Peut-être que l'amour est une autre illusion, une façon de fuir la réalité. »

Un groupe de touristes prend place, hurlant de rire à la première petite blague d'un guide. Paul ne peut retenir un soupir.
« Qu'est-ce que les gens cherchent vraiment ? se demande-t-il en observant leurs yeux brillants à l'idée d'une réalité embellie.

Soudain, il croise le regard d'une jeune femme, assise en retrait, un livre à la main. Elle semble perdue dans ses mots, mais Paul capte la mélancolie derrière ses yeux.
« Voilà quelqu'un qui comprend, » pense-t-il. Elles se croisent mais esquivent sans un mot, deux âmes se frôlant sans jamais se voir vraiment.

Il continue d'errer, se dirige vers un petit parc, souhaitant se poser un instant. La vie urbaine est un chahut constant, et il savoure cette pause. Les arbres lui donnent un semblant de répit et, lorsqu'il s'assoit sur un banc, il découvre que chaque gramme de silence qu'il y dépose pèse lourd dans son cœur.

« Ce que je fais ces jours-ci n'a ni sens ni allure... » murmure-t-il. Mais, face à la tranquillité du parc, il admet que cette mélancolie l'apaise même si elle traîne son poids sur ses épaules.

Les gens passent, absorbés par leur propre histoire. Il voit un gamin dans un coin, riant de bon cœur. À côté de lui, une mère tente d'apaiser un parent qui se dispute avec un autre. Il voit tout : les ombres des visages, les échos de mots amers.

« Quelle scène, » se murmure-t-il. « Tous ces êtres humains se battent pour vivre… et perdent à la fin. »

Son regard accroche un couple qui se dispute. La femme secoue les bras de frustration. Paul entend quelques éclats, des mots aigres qui s'entrechoquent. Alors que l'homme tente de la consoler, elle s'éloigne avec dédain, comme si tout espoir était perdu.

« Même dans l'amour, on n'échappe pas au malheur, » se dit Paul, un frisson d'amertume l'envahissant.

Il se relève, décide de quitter ce parc plein de monde, plein de cris. Tout cela, c'est une illustration de ce qu'il ne veut pas devenir : une figure pieuse de la banalité humaine. Trouver sa voix devient alors une nécessité.

L'envie de marcher le pousse à quitter les lieux, et il se dirige là où les pavés sont moins aérés. Alors qu'il marche, il commence à se demander s'il peut réellement vivre en portant ce poids. Peu avant la nuit, réfléchir à tout ça ne fait que l'opprimer davantage.

Un peu plus loin, il croise une salle de concert où une musique mélancolique s'échappe. La porte ouverte dévoile des silhouettes qui se trémoussent au rythme des accords. Il s'arrête, juste un instant, pour respirer l'harmonie qu'il n'écoute que d'une oreille.

« Regarde, » se dit-il, « ils vivent là, en plein cœur de l'illusion. » Son scepticisme lui chuchote de lâcher prise, mais il ne peut s'y résoudre. Se glissant à l'intérieur, la mélodie l'envoûte un instant, mais il sait déjà qu'à la fin de la nuit, ce ne sera qu'une parenthèse dans son cœur.

Dans la salle, la vie s'épanouit sous les feux de la passion, et il se sent à la fois vivant et étranger. Peut-être que, dans cette douce mélancolie, il pourrait trouver la voix qu'il cherche désespérément.

Il s'arrête finalement, réalisant que ce voyage à travers Paris est rempli de promesses – mais surtout d'apprentissages. Même le scepticisme peut se transformer en une lueur d'espoir, illuminée par des rencontres inattendues.

« Peut-être que je ne suis pas au bout du chemin, » pense-t-il. Étourdi par ces réflexions, il sait qu'il doit encore beaucoup apprendre, mais aujourd'hui, il a offert un regard nouveau sur ce monde qui frôle la déception. La mélodie résonne et pour la première fois, il n'a pas peur d'en parler.

Il se tient là, immobilisé dans le sas de la salle de concert. La musique danse autour de lui, chaque note s'infiltrant dans sa poitrine comme une promesse d'évasion. Ses yeux se fixent sur le groupe qui se produit sur scène, leurs visages trahissant une joie désinhibée. Paul se demande à quel point cette joie est authentique et à quel point elle ne sert qu'à masquer un monde dévasté.

Il s'aventure doucement à l'intérieur, se mêlant à la foule. Les gens dansent, la sueur et les sourires se mêlent dans une frénésie euphorique. Une jeune femme, à l'aspect bohème, se tourne vers lui avec un

sourire éclatant, comme si elle l'invitait à s'abandonner à ce moment.
— Viens, dansons ! Quoi que tu sois en train de penser, laisse-le derrière toi !

Il la fixe, perplexe. «
— Laisser mes pensées derrière moi ? Et d'un coup, tout va s'éclaircir ? répond-il, moqueur, une ironie se glissant dans sa voix.

— Parfois, il vaut mieux se laisser emporter par la musique. On s'oublie un instant, et ça vaut le coup ! dit-elle, insistant. Son enthousiasme est contagieux, mais Paul garde ses distances, souriant malgré lui.
« Elle est si naïve, » pense-t-il. Cette pensée l'agace.
« Peut-être que c'est cela, la beauté : oser ignorer la vérité. »

Tout en remuant d'un pied à l'autre, il hésite. Un petit chuchotement intérieur l'encourage à se laisser gagner par l'énergie de la pièce.
— Tu sais, » reprend-elle,
— le monde est plein de tristesse, mais c'est précisément pour ça qu'il faut chercher la lumière, même si ce n'est qu'un instant.

— Oui, je comprends, mais la lumière, ça éblouit souvent, lâche-t-il, un brin cynique. Et ensuite, c'est la chute dans l'obscurité.

Elle le dévisage, son sourire toujours accroché aux lèvres. «
— Peut-être que la chute fait aussi partie de la danse, non ?
Paul l'observe balancer ses hanches au rythme de la musique, déconcerté par son audace. Ce qu'il voit, c'est un contraste vivant avec sa morosité.

Il finit par céder, s'infiltrant dans la danse. Au début, il se débat comme un poisson hors de l'eau, mais peu à peu, il se détend. Il virevolte, acceptant l'absurde de l'instant. Les sourires échangés, le rythme effréné, la musique résonnante, tout se mêle confortablement.

Et puis, le souvenir de la froideur de son cynisme s'estompe, juste un instant.
« Peut-être que vivre, c'est aussi dans ces éclats de vie… » se murmure-t-il, perdu dans l'ensorcellement.

Le morceau prend fin, et les applaudissements fusent. Les lumières s'éteignent pendant quelques instants et il se retrouve dans l'obscurité. Un frisson lui parcourt l'échine. Ça lui rappelle combien il se sent vulnérable face à cette intensité.

— Vous l'avez bien fait ! lui lance la jeune femme, les yeux pétillants. Elle le tire hors de ses pensées sombres.

— Tu sais quoi ? Je suis persuadée qu'on devrait tous vivre un peu plus comme ça : danser et laisser parler nos émotions.

— Sauf que… Paul s'interrompt en réalisant que, la plupart du temps, les émotions deviennent un fardeau.
— Très souvent, les émotions rendent les gens encore plus faibles à ce qui les entoure. Son ton reste sceptique.

— Peut-être, mais vivre sans elles paraît insipide, non ? Comment fais-tu pour écrire sans ressentir ? demande-t-elle.

Paul ne sait pas quoi répondre. Sa plume se nourrit bien des émotions humaines, mais il refuse de l'admettre.
— J'écris pour comprendre, pour saisir l'essence du désespoir. C'est plus une nécessité qu'un choix.

— Mais ce désespoir, n'est-ce pas contradictoire ? lance-t-elle, défiant son cynisme.
— Parfois, ce qu'on appelle 'désespoir' peut aussi être la racine d'une passion vibrante. Éventuellement, tu devrais trouver un moyen d'en libérer la beauté.

Il la fixe, surpris. C'est comme si elle avait percé une bulle dans son mur de pessimisme.

— Qu'est-ce que tu sais de toutes ces histoires que l'on traîne, cachées sous nos couches ?

— Je sais que nous sommes tous perdus, mais se perdre ensemble, c'est déjà une victoire. Je crois qu'il faut apprendre à danser avec ses démons, pas les fuir.

La musique démarre, l'entraînant à nouveau dans le rythme. Il secoue la tête, perplexe.
— Tu parles comme une poétesse. Mais la vie n'est pas aussi simple, tu sais. Nos démons, il est plus facile de les ignorer.

Elle sourit en retournant à la danse.
— Sauf qu'ignorer ne fait que les renforcer. Et, dit-on, le vrai courage est d'affronter ses propres monstres. Qu'est-ce que tu en penses ?

Il reste silencieux, confronté à la vérité désarmante que ses mots véhiculent. Sa curiosité s'éveille, même au milieu de sa vulnérabilité. Envieux d'écrire mais incapable de sortir du noir, il se demande si elle n'a pas raison, mais il préfère se raccrocher à ses certitudes.

— Je vais y réfléchir, lui dit-il finalement, hésitant. Elle acquiesce, heureuse de sa réponse. Ses yeux brillants reflètent l'espoir.

Alors que la nuit s'étire, il se retrouve une nouvelle fois dans le flot des gens au dehors. Il s'éloigne de la salle de concert, ses pensées embrouillées par cette rencontre inattendue et cette danse qui l'habitait encore.

Paris est vivant, vibrant d'énergie et de contradictions. Les lumières scintillent, les cris de joie se mêlent à des murmures de désespoir. Au fond, cela lui donne envie d'écrire, d'explorer les trames tissées dans sa tête, chaque petit pas devenant une phrase dans son récit.

En errant encore au gré des pavés, il hésite à aller plus loin. Les rappels de la soirée s'impriment sur ses lèvres. Cette ville est une toile d'histoires entremêlées, et dans ce puzzle, son propre récit cherche encore à se dessiner.

Il s'arrête devant une petite rue, près d'un cinéma, les lumières flamboyantes lui murmurent des promesses de récits. L'air est chargé des cris d'enthousiasme des jeunes, attendant leur tour pour voir le film du moment.
« Pourquoi diable cette fascination pour les héros fictifs ? » se demande-t-il.
Les gens courent après des illusions sur grand écran, alors que la réalité est souvent si banale.

D'un coup, il se retrouve à entrer dans le hall.

« Qu'est-ce que je fais ici ? » pense-t-il, décontenancé. Il se mêle à la foule, observant les affiches colorées suspendues, chacune promettant un divertissement. Mais, tout cela ne représente pour lui qu'un miroir des désirs inassouvis.

Il jette un coup d'œil à un groupe d'adolescents, incapables d'éteindre leur excitation.
« Ils croient tous que cet écran leur fera oublier le vide de leur existence, » pense-t-il, un brin amer.
 Il les observe, une chaleur se frayant un chemin dans son cœur.

Finalement, il sort sans rien choisir, le choix lui épargnant un instant le poids des attentes. Paul continue de flâner, les mots s'écrivant dans son esprit. Il se perd dans les méandres de Paris, le cœur lourd d'histoires à découvrir et de vérités à vivre.

Ce parcours s'avère davantage qu'une flânerie. Chaque rencontre devient une pièce qu'il pourrait modeler dans son récit, un tableau d'une société qui s'accroche à ses illusions. Paris, avec toutes ses nuances de lumière et de ténèbres, l'aspire et lui murmure des promesses à envisager.

Comme il se dirigeait vers la seine, il lui vient à l'esprit qu'au fond de chaque sourire se cache une vérité. Chacune de ces rencontres ne fait que nourrir sa propre quête d'authenticité. Dans cette ville aux mille visages, il se sent vivre, même si la mélancolie continue de fuser en lui.

Juste avant de poser un pied sur le pont, il s'arrête et lève les yeux. Parfois, il lui semble que même les étoiles, lumière piégée dans le ciel noir, sont à la recherche d'un sens. Et lui, planté là entre le noir et le blanc, continue d'écrire, d'explorer, de danser sur le fil de sa propre mélancolie.

Chapitre 4

Désillusions

Il est près de 18 heures lorsque Paul s'arrête sur le Pont des Arts, contemplant la Seine qui coule lentement, sombre comme ses pensées. L'eau reçoit les reflets des lumières des quais, scintillant comme les rêves de ceux qui passent. Pourtant, lui, il ne voit que l'illusion de cette beauté.
« Tout cela n'est qu'un décor, un théâtre pour masquer la désillusion ambiante, » pense-t-il, son cynisme l'assaillant.

Il observe les couples s'embrasser, riant aux éclats, insouciants.
« Ces moments-là ne sont que de la poudre aux yeux, » se murmure-t-il, secouant la tête. Il a du mal à croire que la joie puisse être sincère dans ce monde dévasté. Certes, il ressent de la fascination pour leur

insouciance, mais son scepticisme sur les vérités humaines le rattrape constamment.

« L'amour... » soupire-t-il. Cela lui semble être un doux poison, un lien qui finit par se dérober. Il se perd dans ses pensées, balayant cette luminosité d'un geste condescendant. Au fond, il sait bien qu'il a aussi été cet insouciant, mais le temps a cru déterrer les douleurs enfouies, les promesses brisées.

« Que faire ? » murmure-t-il, l'esprit se perdant dans la mélancolie. Il se déplace lentement, s'efforçant de chasser cette lourdeur de son cœur. En ce moment, il se sent déconnecté, comme une ombre errante, une figure spectrale dans cette ville animée.

Soudain, il aperçoit un groupe d'artistes de rue en train de peindre des fresques murales. Leurs gestes sont fluides, le regard concentré sur leur œuvre flamboyante. Intrigué, il s'approche, attiré par la couleur qui semble se battre avec la grisaille environnante. Un homme, à la barbe hirsute, ajoute une touche de rouge sur une toile où s'exprime une scène de rue parisienne.

— C'est beau, non ? lui lance-t-il avec un sourire, comme s'il avait reçu un appel silencieux.

Paul fronce les sourcils.

— Réel ou trompeur ? La beauté a un prix. Elle cache les blessures d'un monde en ruine.

Le peintre le dévisagea, surpris par son cynisme.
— Chacun son regard sur la vie, mec. Si tu ne vois que le mal, tu rates l'essentiel.

— Et qu'est-ce que l'essentiel ? demande Paul, défiant.
— L'inutile optimisme qui pousse à embellir le monde alors qu'il est déjà pourri ?

Le peintre prend une pause, semblant peser ses mots.
— Regarde autour de toi. Ce que nous créons ici, ça fait vibrer les âmes. Peut-être que l'art sert à réveiller, à toucher les cœurs. Je ne cherche pas à déguiser la réalité, je tente juste de montrer qu'il y a aussi de la beauté dans l'imperfection.

Paul le fixe, intrigué malgré lui. L'enthousiasme du peintre semble inébranlable, et cela l'agace.
— Et si les gens ne veulent pas entendre ces vérités ? On vit tous dans cette illusion, alors pourquoi s'y accrocher ?

«— Parce que parfois, pour avancer, il faut s'accrocher à quelque chose de beau, répond l'artiste, son regard déterminé.

L'échange le fait réfléchir, mais il n'a pas le temps de s'attarder. Sa méfiance le pousse à s'éloigner. Continuer à interroger ces vérités, l'idée de creuser dans son propre désespoir l'inquiète. Il reprend le chemin des quais, perdu dans ses pensées, tandis que le soleil commence à plier sous l'horizon.

Paul se rend compte qu'il s'attarde sur les visages croisés, cherchant des réponses là où il n'y aurait que des questions. Les gens, avec leurs confidences, lui rappellent à quel point l'humanité peut être désespérante. Mais, eux, ils poursuivent, inébranlables dans leurs illusions.
« Sont-ils si naïfs ? Ou sont-ils juste plus malins que moi ? » se demande-t-il.

Ce faisant, il se retrouve au café où il est déjà venu. Il s'y sent à la fois dans son élément et à l'écart. Alors qu'il s'installe, il ralentit son rythme, observant la scène. Entre le bruissement des tasses et les voix qui s'élèvent, il note un ras-le-bol général, semblant impis.

Les clients autour de lui incarnent tout ce qu'il méprise et tout ce qu'il respecte — ces éclats de rire, ces drames humains se tissant au fil des jours.
« Tout cela ne sert à rien, » pense-t-il, l'odeur du café l'entourant comme une étreinte familière.

Cependant, une voix le sort de sa torpeur. Une femme, qui prend place à côté de lui.
— Tu sembles pris dans tes pensées.

Il lève les yeux. Cette femme, d'une trentaine d'années, porte un look décontracté, et son regard ne prête pas attention à son cynisme apparent.
— Tu sais, cela arrive parfois d'être perdu dans ses idées, répond-il.

Elle sourit.
— Oui, mais parfois, cela cache aussi une part de vérité. Qu'est-ce qui t'inquiète ?

— Je ne suis pas ici pour faire des confidences, lâche-t-il, irrité.
La curiosité est une forme de vulnérabilité, et il n'est pas prêt à s'ouvrir.

— Tout le monde a besoin d'un peu d'écoute, de temps en temps, dit-elle, posant sa tasse devant elle.
— Regarde autour ! Ces gens rient, mais au fond, ils cachent tous leurs propres tourments. Une bonne tasse de café et un bon échange, ça peut faire la différence.

Son ton dégage une sorte de sincérité, mais Paul n'est pas encore prêt à céder.

— Sauf que les rires ne mènent à rien. Ils ne cachent qu'un souffle de désespoir... Qui sait ce qu'ils traînent derrière eux ? Répond-il, acéré.

— Justement ! Mais, alors, pourquoi ne pas simplement leur proposer ton petit mot ? Tout cela n'est qu'un jeu, non ? À quoi bon se prendre si au sérieux ?

Elle a un air frondeur qui le dérange.
— Peut-être que c'est pour masquer le vide des interactions. Ce monde s'installe dans une superficialité insidieuse.

Elle prend une gorgée de son café, le regard perçant.
— N'oublie pas que chaque visage a son histoire, y compris le tien. Le défi, c'est d'apprendre à écouter sans préjugés.

Paul, pris de court, l'observe. Elle lui fait l'effet d'une cliente perdue dans une vague de préoccupations, mais sa tenue décontractée trahit une essence authentique. Ne sachant vicier l'échange qui se tisse, il se gratte le menton, pesant sa réponse.

— Je n'ai guère le temps de sentir. La vie est un marécage que j'essaie d'éviter.

Elle replonge dans son café, se moquant visiblement de sa pessimisme. « Et le temps pour se retrouver ? Aimer ? Vivre, Paul ? Ne combat pas chaque rencontre avec cette armure. Parfois, il faut se laisser imprégner de tout ce désespoir pour en sortir plus fort.

C'est comme si les mots l'atteignaient, et il déteste cela. Chaque phrase résonne avec une clarté qui le surprend. Naît alors une envie de réplique, de briser sa propre armure, mais il se réserve, observant sans comprendre.

— Que sais-tu du désespoir, à part en parler ? lâche-t-il, défiant.

Alors, d'un geste confiant, elle sort une feuille, la retourne, le visage illuminé. Elle y dessine une simple esquisse, une représentation de ce qu'elle ressent, une tour de Kigali se dressant contre le ciel.

— Ça, ce n'est pas un vain mot. C'est mon monde. C'est une lutte permanente, et j'essaie de le représenter. Et toi, que pourrais-tu nous offrir ?

Il est déconcerté par l'authenticité de sa question. Un souffle de guitare résonne, transperçant ses pensées. — Pas grand-chose, je suis juste un homme qui flâne dans une ville. Je n'ai pas d'histoires à raconter, même si chaque croisement de route me plongent à chaque instant.

Elle secoue la tête, un sourire amusé.
— Cela, je n'en crois pas un mot. L'écrivain se cache juste derrière l'ombre. Tu sais très bien que les mots peuvent devenir les plus puissants des alliés. Quand on choisit de parler, prospérer. Pourquoi ne pas le faire ?

Il sourit à regret, admirant son audace.
— Tu sembles convaincue. Mais alors, que dire de ce monde que je ne désespère pas ? Si j'écrivais, que transmettrais-je finalement ? La déchéance de cette humanité ?

Elle lui jette un regard compatissant, mais sans pitié.
— Peut-être. Ou peut-être que tu peux donner un sens à ce désespoir. Chaque larmes qui tombent peut offrir une mélodie. Imaginer leur beauté, que dis-tu ?

Paul ressent une tension dans son cœur, cette lucidité l'envahit.
— Ces paroles résonnent lourdement. Si je t'écoutais, cela signifierait accepter de me dévoiler dans une vulnérabilité crasse. »

Elle prend une autre gorgée, curieuse.
— De quoi as-tu peur, au juste ? De te découvrir ? De découvrir que l'on porte tous, au fond de nous,

un éclat ?

— La lumière ? Ça reste un mythe, lâche-t-il.

— Alors, laisse-moi te montrer, Paul. Viens, viens avec moi demain ! Ensemble, on retournera à cette vie pétrifiée de désespoir, et tu m'aideras à dessiner des portraits pour les âmes perdues. »

Il reste stupéfait devant la puissante affirmation de cette inconnue. Elle ne recule pas, franchissant sa distance avec audace.
— Je vais réfléchir, » répond-il finalement, secouant la tête.

Elle se compte le temps. La relation est singulière, comme des routes déconcertantes reliant deux âmes pétrifiées. Alors qu'il s'apprête à partir, elle l'arrête.

— Une dernière chose, avant que tu ne disparaisses. Si tu choisis de voir avec tes yeux, n'oublie pas que le vrai regard se trouve à l'intérieur, lui dit-elle avec une douceur. Puis elle éclate de rire, rompant la tension.

Il la remercie d'un léger geste, ébahi par son éclat de vie. En sortant du café, il se dirige vers la Seine, l'esprit hanté par cette rencontre qui l'aura pleinement ébranlé. Il sait maintenant qu'il doit affronter sa vulnérabilité, qu'il doit tenter de trouver la beauté au milieu de cette mer de désespoir.

À quel point pourrait-il fuir cette ville pleine de vérités nuancées si elle et ses ombres s'étaient déjà immiscées dans son esprit ? Les lumières scintillantes couplées aux cris résonnent autour de lui. Paul s'éloigne, conscient que chaque pas le pousse à découvrir davantage de lui-même, et surtout, à entrer en confrontation avec ses propres démons intérieurs.

Tandis que l'obscurité commence à envelopper Paris, il se dit qu'il est peut-être enfin sur la voie de ce qu'il cherche. Des promesses à écrire, des vérités chirurgicales à traquer. Se perdre à Paris, c'est aussi la seule façon d'accepter de vivre. Dans cette quête, il comprend désormais que chaque rencontre a sa part d'illusions, mais peut aussi révéler des éclats d'humanité à saisir.

Une lumière espérée en lui, pour une fois, illumine son désespoir. Ce futur qui dérange, sa plume attendait déjà quelque part, peut-être sans lui.

Alors qu'il sort du café, le sang afflue dans ses joues, une tension douce-vivante s'emparant de son esprit. La nuit commence à tomber, et Paul s'apprête à quitter les lieux lorsque la jeune femme l'interpelle à nouveau.

— Hé ! l'appelle-t-elle, courant un peu après lui. «
— J'aimerais que tu ne partes pas comme ça. On a à
peine commencé à discuter. Je m'appelle Clara, au fait.
»

Il se retourne, prenant un instant pour réaliser qu'il ne
sait même pas son nom.
— Paul, » répond-il, un peu méfiant. Il se demande ce
qu'ils pourraient bien avoir à se dire.

— Content de te rencontrer, Paul. Je sais que ça peut
paraître présomptueux, mais ça me semble important
de discuter avec quelqu'un qui voit la vie
différemment. Elle sourit, et ce sourire pourrait
presque convaincre.

— Différemment ? Je suis un peu désabusé, je crains,
rétorque-t-il, une manière de garder ses distances.

— Peut-être, mais ressens-tu ce besoin d'écrire ? Ce
besoin d'exprimer tes pensées ? demande-t-elle, un
éclat de curiosité dans son regard.

Paul incline légèrement la tête.
— Quand je me pose avec un crayon et du papier, je
me rends compte que c'est la douleur qui m'habite.
Mais ces mots, ce sont surtout des éclats de cynisme,
des réflexions sur le désespoir des autres, ma

mélancolie. Il se sent un peu vulnérable, plus que jamais désireux de protéger ses pensées.

Clara l'écoute attentivement. «
— Alors, parlons de ce désespoir ! Qu'est-ce qui, à tes yeux, fait que l'humanité semble si perdue ?

— C'est simple, vraiment. La vie est devenue un jeu d'apparences, soupire-t-il, ses doigts pianotant nerveusement sur la table. «
— Les gens s'accrochent aux lumières éblouissantes alors qu'ils vivent dans l'obscurité. C'est presque tragique, si tu veux mon avis.

— Tragique, je sais. Mais la tragédie peut être une source de créativité. Regarde ces peintres, ces artistes de rue. Ils affrontent leur douleur et la transcendent ! Clara insiste, sa passion pour l'art s'illuminant sur son visage. «
— C'est ça l'essentiel, Paul. Trouver un moyen d'exprimer toute cette laideur, même si cela fait mal.

Paul plisse les yeux, intrigué par son engagement.
— Mais est-ce que tu n'as pas peur que la beauté de leurs œuvres cache la vérité ? lui demande-t-il.

Clara secoue la tête, pleine de détermination. «
— Au contraire ! Ce sont les douleurs cachées qui donnent force et signification à l'art. Regarde ce que je

fais, par exemple. Je dessine non seulement des portraits, mais également des histoires.

— Des histoires ? L'intonation sèche de Paul le fait tiquer.
— Des histoires masquées sous un attrait visuel ? Qu'est-ce qu'une belle façade peut bien dire sur le désespoir d'une âme ?

— Parfois, même une façade, quand elle est brisée, peut raconter mille histoires, » répond-elle, sans perdre son sourire. «
— Ce que je veux dire, c'est que tu peux créer avec ces émotions, faire émerger quelque chose de beau.

— Peut-être, lâche-t-il, sceptique.
— Mais les gens se moquent de la beauté quand il s'agit de douleur. Ils préfèrent s'enfermer dans la banalité. Ils évitent de se confronter à ces vérités déplaisantes.

— Alors, c'est à toi d'entrer en scène pour tirer ça au clair, non ? propose Clara.
— Tu as une plume, peu importe tout ce scepticisme ! Ne crois-tu pas que tu pourrais réveiller certaines consciences ? »

Paul esquisse un sourire amer.

— En écrivant sur la douleur, je ne fais que réfléchir à ce que je ressens. Ça ne changera pas le monde. Les mots ne réchaufferont jamais une solitude, ne répareront jamais un cœur brisé. Le désespoir, c'est une ombre au-dessus de nos têtes, et je suis fatigué de jouer à ce jeu.

Elle le fixe intensément.
— Mais malgré tout cela, tu sais au fond de toi que le désespoir peut aussi faire vibrer quelque chose en toi. L'écriture te permet de donner pouvoir à ces émotions. Considère-les comme des fenêtres.

Il soupire, se passant la main dans les cheveux.
— Des fenêtres ? Peut-être que ce sont des verrous. Des serrures à rabattre pour éviter que celui qui est à l'extérieur s'infiltre.

— Que s'est-il passé pour que tu vois les choses ainsi ? Elle le challenge, son regard perçant forçant Paul à se défendre.

Il hésite.
— La vie, l'entourage. Les promesses brûlées, les déceptions… Petit à petit, les gens te laissent dans le froid. Je me sens comme un vieux livre qu'on n'ouvre plus, empoussiéré dans la bibliothèque mal rangée des existences.

Un silence s'installe, l'expression mélancolique de Paul ne lui échappe pas. Clara, touchée, finit par murmurer :
— Tout ça, c'est peut-être un appel à l'aide. Tu as aussi besoin de partager ces histoires, non ?

— Facile à dire, mais difficile à faire. Qui s'intéresse à mes mots sur la tragédie humaine ? Qui se soucie des vérités dérangeantes ? Il sent que l'amertume l'étouffe, mais en même temps, il sait qu'il doit parler.

— Écoute, Paul, chacun possède une histoire à raconter. Même les petits désastres peuvent provoquer une prise de conscience, dit-elle.
— Moi-même… je n'ai pas toujours été celle que tu vois aujourd'hui. J'ai dû apprendre à m'exprimer à travers l'art, à provoquer l'introspection avec ce que je fais.

— Qu'est-ce qui t'a amenée ici ? demande-t-il, curieux.

Elle prend une profonde inspiration, hésitant un instant avant d'expliquer.
— J'ai perdu ma mère il y a quelques années. Ça a été un choc. Je ne savais pas comment gérer ma douleur, alors j'ai trouvé refuge dans la peinture. À travers chaque coup de pinceau, j'ai compris que l'expression

de mes émotions est ma propre façon de rendre hommage. »

Paul semble soudain touché par cette confession.
— Je… je comprends. Mais ce n'est pas si facile pour tout le monde. Beaucoup se perdent à chaque coin de rue.

— Et c'est exactement pour cela qu'il est nécessaire de s'accrocher à ce que la vie peut nous offrir, même dans les pires moments, insiste Clara.
— Peut-être que se confronter au désespoir est le premier pas vers la guérison. Tu peux utiliser tes mots pour révéler quelque chose de vrai. Ne sous-estime pas l'impact que ça peut avoir, même si ça semble dérisoire. »

— Dérisoire ? il la défie, une lueur de passion allumée en lui.
— En écrivant, je ne saisis qu'un fil de la réalité. Je ne fais que jeter de la lumière sur ce que d'autres préfèrent ignorer.

«— Et c'est exactement ce qu'il faut faire ! s'exclame-t-elle avec enthousiasme.
— Écris. Ose dépeindre ce que tu vois. Ne laisse pas le cynisme t'engluer. C'est exactement ce dont cette ville a besoin. De quelqu'un comme toi qui ose l'affronter.

Paul se rend compte qu'elle a raison. Ses mots lui résonnent, mais il ne peut pas complètement laisser tomber sa façade, sa protection
— Tu es une rêveuse, Clara. Je ne suis pas sûr de savoir affronter cette réalité troublée encore.

— Peut-être, mais c'est aussi ce qui est bien avec cette réalité ; elle ne peut pas être figée dans les ombres, lui répond-elle.
Elle lui sourit, encourageant une lueur de curiosité dans ses yeux.
— Ose encore, Paul.

Il hoche la tête, conscient qu'il pourrait avoir quelque chose à gagner à essayer. Peut-être que cette rencontre avec Clara pourrait l'éveiller à une facette de lui-même qu'il croyait perdue. Il se pend sous le poids de ses idées, fait évoluer une pensée.

Alors qu'ils partagent un moment de silence, Paul laisse ces réflexions s'installer en lui. Peut-être qu'au lieu d'ignorer chaque ombre, il pourrait apprendre à graffer sa propre lumière au travers des mots qu'il a laissés de côté.

Mais cette prise de conscience soulève une nouvelle hostilité.

— Je te remercie, Clara, mais cela amène une nouvelle réalité à laquelle je ne suis pas encore prêt. Ça va prendre du temps, » déclare-t-il finalement.

— Le temps, c'est tout ce dont on dispose. Prends-le comme un cadeau. Chaque petite instance de cette ville, ils peuvent t'apprendre à apprécier !

Avec un sourire enthousiaste, elle tente de dissiper la tension. Paul se demande alors si elle est simplement naïve ou si elle a compris quelque chose qu'il néglige. Tout ce qu'il ressent consiste à se concentrer sur ses propres luttes, mais ils forment le fondement de ce qu'il pourra créer, n'est-ce pas ?

— D'accord, nous verrons bien où ça nous mène, répond-il, dépassant un peu ses hésitations.

Ils échangent des sourires complices. Au fond de lui, il comprend que ce chemin pourrait devenir le début d'un tout nouveau récit. La nuit grandissante lui promet de nouvelles confrontations, de nouvelles vérités à explorer.

— Alors, tu te joins à moi demain pour voir des portraits au parc Montsouris ? J'y ai un petit projet en tête. Ça te fera du bien, je te le promets. Clara lui envoie un clin d'œil.

Paul, un peu réticent, acquiesce.
— D'accord. Je vais essayer. Mais n'attends pas de moi que je devienne tout à coup un optimiste.

Elle rit, insouciance éclatante dans sa voix. Un dernier regard, et il sort, la tête pleine de promesses embrouillées, prenant la direction de ce qui l'attend encore.

La nuit parisienne s'étend devant lui, vibrante, pleine d'histoires qui ne demandent qu'à se réaliser. Dans les méandres de sa mélancolie, il se dit qu'il pourrait enfin y avoir une lueur d'espoir, même au milieu des illusions qui l'entourent.

Chapitre 5

La Vie au Boulot

Le lendemain, Paul se lève avec une hésitation mêlée d'anticipation. Le rendez-vous avec Clara à Montsouris lui trotte dans la tête. Il profite d'un café léger, laissant l'arôme l'emplir tandis que ses pensées vagabondent encore vers les élus de la nuit dernière.

« Ce coup-là, je pourrais explorer des fils de réalité insoupçonnés, » se dit-il, cynique, en pensant à ses promesses.

Il sort de chez lui, flânant vers le parc, mais il ne peut s'empêcher de ressentir une légère appréhension. Tout autour de lui, la ville s'éveille, un ensemble de bruits, de mouvements et de regards qui traversent sans s'arrêter. Les rumeurs de la vie urbaine résonnent comme une mélodie éloignée qu'il n'est pas sûr de vouloir écouter.

En chemin, il passe devant un magasin de disques vintage. La porte est entrebâillée et les mélodies de jazz flottent à l'extérieur. Intrigué, il y pénètre. À l'intérieur, un monde parallèle : des vinyles titanesques, des affiches colorées, et des gens assis par terre à écouter des morceaux oubliés. Une ambiance surannée emplit l'espace, touchant une corde sensible en lui.

Un type au look décalé, vêtu de vêtements en patchwork, se lève soudain, attiré par Paul. Ses cheveux en brouillon et ses lunettes rondes balancent son air loufoque.
— Hey, toi, tu veux écouter ce chef-d'œuvre ? demande-t-il en tendant une vieille galette à la pochette usée.

— Ça dépend, qu'est-ce que c'est ? répond Paul, sceptique.

— C'est ce qu'ils appellent du « free jazz, assure l'homme, enchanté.
— C'est la poésie en son état brut ! Une véritable ode à la liberté humaine, à l'absence de chaînes !

Paul l'observe, mitigé.

— Libération ? On dirait plutôt une débandade, non ?

Le type éclate de rire.
— Prends le temps de l'écouter. Ça t'enlèvera peut-être quelques peurs ! Et qui sait, tu pourras peut-être y prendre un peu de courage pour affronter le monde !

Il est saisi d'un frisson.
— Le monde, je l'affronte à coup de cynisme, » lance-t-il, cherchant presque à mettre en lumière son propre vernis. Le morceau vit encore dans son esprit, toujours méfiant face à l'enthousiasme naïf des autres.

Un piano éthéré résonne en fond, et il finit par céder, s'installant sur le sol avec le groupe. Pendant ce temps, les autres se laissent aller, se lovant dans les mélodies. Paul les observe, conscient qu'il est peut-être l'unique personne inhérente d'un doute perpétuel.

L'ambiance semble l'entraîner et, malgré lui, il se laisse bercer par la musique. C'est maladroit, brutal et doux à la fois. L'énergie des rêves des autres le touche sans qu'il puisse l'expliquer.
« Ils sont tous perdus, mais ils sont aussi libres, » se murmure-t-il.
  Dans ce moment suspendu, il entrevoit une facette qu'il refuse de montrer au monde.

Quand la musique s'arrête, il se lève, ennuyé et un peu désorienté. En sortant, il croise les regards des rêveurs, tous énigmatiques, imprégnés de cette essence fragile. Il traverse la rue, se demandant combien de ces gens vivront véritablement leur rêve.

Continuant son chemin, il trouve un artiste de rue un peu plus loin, maniant un jeu de lumières en jonglant avec des boules de cristal. Les passants s'arrêtent, surpris, et lui, il reste à l'écart.
— Est-il vraiment bien dans sa tête, ce type ? se questionne-t-il, l'observant se mouvoir avec souplesse et grâce, défiant les lois de la gravité.

— Regarde, c'est comme si les sphères de verre l'emportaient dans une autre dimension ! dit une femme à ses côtés, une lueur d'admiration dans les yeux.

Paul secoue la tête.
— Et à la fin de la performance ? On rentre tous dans la réalité, donc d'où cela vient-il ?
Il n'arrive pas à détourner son scepticisme.

La femme sourit, amusée par son cynisme.
— Mais c'est là tout l'intérêt ! La magie n'est-elle pas un échappatoire temporaire ? Un moyen d'oublier, même brièvement, la réalité ?

— Oui, mais ne pas accepter sa réalité n'est-elle pas une forme d'aveuglement ? il reste enfermé dans sa logique. Ces performances ne sont que des illusions fabriquées.

— Parfois, Paul, la beauté se trouve dans ces illusions, lui lance-t-elle, la frime désarmante.
— C'est ça, l'humanité. On cherche des échappatoires, des moyens de rester unis contre l'adversité du monde.

Se sentant un peu en décalage, Paul finit par s'éclipser. Il ne souhaite pas s'engager, il s'éloigne en hochant la tête, respirant l'air frais du parc, où tous les rêves s'entremêlent.

Tout en marchant, il découvre une petite galerie ouverte sur le côté. À l'intérieur, des œuvres surréalistes inondent le lieu, mélange de couleurs et d'absurdité. Des clients errent, inquiets, perdus dans leurs pensées. Un tableau représentant un homme aux bras d'araignée attire soudain son attention, la pièce expliquant la difficulté de se sentir libre dans une cage.

— Bien dit , chuchote-t-il, admirant la créativité, se complaisant dans cette représentation poignante de ce qu'il ressent parfois.

Soudain, une voix émergente derrière lui rompt son contemplation.

— Tu sais, l'art montre plus que ce que l'on veut bien laisser voir. C'est une façon de crier, si tu veux.
C'est une jeune femme, à la chevelure blafarde.

— Crier ? En effet, cela semble être une tentative désespérée de s'accrocher à la beauté. Mais où est la beauté ? demande Paul, désabusé.

— La beauté est dans le chaos ! affirme-t-elle d'un ton résolu.
— On vit tous dans cette époque détraquée, où les rêves s'effondrent. C'est pour cela qu'il faut créer, pour dépasser cette sombre réalité. Ton regard semble désenchanté, mais j'y vois de la lumière.

Paul fronce les sourcils, troublé par sa détermination.
— La lumière ? Elle brûle, c'est une illusion, un feu follet. Je veux dire, qui encore s'y accroche… au fond ?

— Beaucoup, il ne faut pas l'oublier.
Elle le fixe, un sourire énigmatique sur son visage.
— Regarde ces tableaux, Paul. Ils parlent de ce que d'autres refusent de voir : les couches de souffrance ont façonné la beauté. Au bout du compte, c'est en acceptant ce chaos qu'on trouve la clarté.

Il plisse les yeux à cette idée, défiant.
— Oui, mais est-ce suffisant ? Même cette beauté, ce n'est qu'un mirage !

—Ou peut-être une porte ouverte sur d'autres possibilités. Regarde ces artistes, tournés vers la lutte, mais d'une manière plus humaine, insiste-t-elle, soucieuse de provoquer une réflexion.

Il ressent une sorte d'énervement face à cette insistance.
— Oui, mais l'art ne nourrit ni ne réchauffe un cœur engourdi. La vie, c'est aussi des décisions désagréables. Qui se soucie d'un sourire si on souffre au fond ?

— Participer au jeu de la vie, c'est ça. Rire, pleurer, créer un câlin même dans la tourmente, c'est ce qu'on doit faire. Et l'art est justement là pour ça !

Perdu dans ses pensées, Paul jette à nouveau un coup d'œil aux œuvres.
— Et peut-on vraiment s'élever par-dessus tout cela ? Qu'en est-il des conséquences ?

Un silence se tisse entre eux. Paul se rend compte qu'il ne trouve plus ses mots. Peut-être, juste peut-être, Constantin a-t-il raison. S'accepter dans la douleur fait aussi émerger des choses beaucoup plus belles.

L'artiste hoche la tête, satisfaite, comme un guide illuminé.

— Souvent, l'inconnu éveille un sourire. Quand on accepte nos blessures, peut-être que ça libère l'expression de ces visions incomprises.

Paul, tout en s'éloignant, ressent un frisson. Peut-être la vérité se cache-t-elle dans ces mots, aussi absurdes soient-ils. Dans l'interaction fugace, il trouve un écho résonnant. D'étranges personnages se croisent en cette ville, et ces courts moments lui permettent d'apercevoir des facettes de lui-même qu'il sévissait à ignorer.

Il s'éloigne, la tête pleine de réflexions, continuant son chemin jusqu'au parc. Une fatigue à la fois psychique et spirituelle l'envahit alors qu'il arrive. La nuit s'installe doucement, laissant la fraîcheur courser dans l'air.

Les lumières s'allument au-dessus de lui, et il se pose sur un banc, observant les gens dansant encore sous une lune complice. Au fond de lui, il se demande si ces rencontres sont des coïncidences, des illusions ou toute une vérité à percer. Peut-être, en fin de compte, c'est de là qu'il doit partir : de ces échanges inattendus, de ces regards neufs qui lui permettent d'entrevoir un mouvement autre.

Le cycle des visages, des rêves, des illusions continue à s'imprégner en lui. Tout ceci reste bien plus qu'un simple désespoir ; cela devient une quête à explorer à chaque coin de rue. Et, peut-être, saura-t-il en frissonner pour créer sans avoir peur d'affronter ses démons.

Le lendemain, après une nuit où les pensées de Paul s'entremêlent comme des ombres dans une danse désordonnée, il décide d'explorer un côté de Paris qu'il n'a jamais considéré. Les catacombes. Cet univers souterrain, un symbole des vestiges de l'humanité, attire son attention. Peut-être que sous terre, il pourra voir la vérité cachée dans les abîmes de la ville.

Il arrive à l'entrée, un portail discret perdu au milieu de la foule. Le contraste est palpable. L'air frais du dehors s'oppose rapidement à l'humidité ambiante de cette entrée sombre. Alors qu'il descend les marches, il se perd dans une étrange anticipation.
« Que vais-je découvrir ici ? » se demande-t-il.

À mesure qu'il progresse, les murs se rapprochent, comme si l'espace autour de lui se rétrécissait. Les lampes tamisent la lumière, révélant des contours chaotiques sur les murs de pierre. Au fond, cela lui rappelle le poids des souvenirs, le frisson d'histoires oubliées.

Arrivé au niveau inférieur, il croise un groupe de touristes, tous armés de caméras et de téléphones pour capturer chaque instant. Paul les observe, amusé.

« On vient chercher des émotions d'un autre temps, alors que les leurs sont déjà figées en clichés, » pense-t-il, désabusé.

La guide, une femme au regard franc, commence à parler de l'histoire tourmentée des catacombes.

— Venez ! Suivez-moi, et laissez-vous emporter par les murmures des âmes qui reposent ici.

Paul l'écoute, un sourcil haussé, son scepticisme se renforçant.

La guide les mène au cœur des tunnels, une ambiance pesante s'installe autour d'eux. Les murs sont ornés de crânes et d'os entrelacés, et Paul se retrouve face à cette réalité brutale.

— Voilà ce qui arrive aux corps quand l'humanité oublie de vivre », murmure-t-il.

Une femme à ses côtés, perdue dans ses pensées, réagit à ses mots.

— Oui, mais c'est fascinant, n'est-ce pas ? Ce lieu vénère toutes ces vies qui ont vécu et sont passées. Chaque crâne a son histoire.

Paul la regarde, un brin amusé.

— Une histoire ? Pensez-vous vraiment que ces os portent des souvenirs de bonheur ? Pour moi, ce n'est qu'une tombe de désillusions.

— Peut-être. Mais ce désespoir fait aussi partie de la vie. Ici, nous sommes confrontés à notre propre mortalité. Cela donne une perspective, non ?
Elle semble vouloir prolonger la discussion, pleine de passion.

Il soupire.
— Peut-être, mais le risque d'êtres humains est de vivre comme si chaque jour était un déni de la mort. Que reste-t-il, au final ? Une simple collection de pensées oubliées.

— Mais là où il y a des histoires, il y a aussi de l'espoir, insiste-t-elle, son regard brillant de confiance.

Paul secoue la tête en riant.
— Espoir ? S'il y a une chose que cette ville a apprise à l'humanité, c'est qu'elle est éphémère.

Pourtant, il ne peut défaire le frisson qu'il ressent face à cette mortalité palpable. Ses compagnons de voyage semblent s'émerveiller, mais il a du mal à vraiment se laisser emporter par ces provocations sur la vie.

Alors que le groupe continue son parcours, Paul ralentit le rythme, s'éloignant de la guide et des autres. Il trouve un coin plus sombre, un tunnel oublié qui semble résonner d'une force ancienne. À ses pieds, des os éparpillés, comme autant de témoignages d'une époque révolue.

« C'est fascinant, » pense-t-il, accroupi.
« Les émotions s'accumulent dans ces murs, comme autant d'ombres attendant d'être révélées. »
Mais il ne peut s'empêcher de ressentir cette même tension tournée vers l'absurde. Que pourraient bien lui apprendre ces gouffres dans lesquels tant de gens ont disparu ?

Alors qu'il se relève, il croise des silhouettes solitaires dans le noir, des personnes se glissant entre les ombres. L'un d'eux, un homme à l'apparence hirsute et aux yeux fatigués, se frotte les bras, probablement affecté par le froid qui règne ici.

— Tu te sens bien, l'ami ? interroge-t-il, un éclat de curiosité dans son regard.

L'homme hoche la tête avec un sourire fatigué.
— Tu sais, les catacombes, ce sont des entrailles de Paris. Tout ici a vécu. Je viens souvent pour me souvenir, pour faire un bilan de mon existence.

— Se souvenir ? N'est-ce pas une double peine ? La douleur se mêlant à cette confrontation ?
Paul, intrigué, lui adresse un regard d'égalité.

— Peut-être. Mais, à travers ce souvenir, je trouve une forme de paix, dit-il, pensif.
— C'est comme une méditation sur notre fin. Chaque crâne est une légende à raconter. »

— Une légende ? Ça fait un peu trop romanesque, non ? Avant de se perdre dans les limbes du rêve, pourquoi ne pas d'abord se concentrer sur le présent ? rétorque Paul, son ton légèrement cynique.

L'homme lui retourne un sourire, mais aussi une lucidité.
— Peut-être que vivre pleinement le présent, c'est aussi accepter sa fin. Sont-ils vraiment malheureux, ces gens en haut ? Ou sont-ils simplement en train de jouer dans une pièce de théâtre sans fin ?

Paul ne peut réprimer un frisson, conscient qu'il touche à quelque chose qu'il ne veut pas véritablement affronter. Ce désir de comprendre le désespoir et les histoires, cette quête de sens qui le hante, s'illumine.

— Chaque instant ici te fait ressentir la complexité de la vie. Comme dans le jazz. Tu sais, chaque note, que ce soit une dissonance ou une harmonie, à sa place. Et c'est là que réside la beauté, continue-t-il, ses mots lentement emplis de force.

Paul hoche la tête, intrigué par cette vision. L'homme parle avec une telle passion, peut-être qu'un fragment de cette vérité se dérobe à lui.
— Je suppose qu'accepter cette complexité requiert du courage.

— Exactement. C'est pourquoi je viens ici. C'est un voyage intime. Ces murs, cette histoire, nous rappellent combien la vie est précieuse, répond le sage, son ton riche en émotions.

Paul l'observe, touché par cette révélation inattendue. Mais il ne peut que s'accrocher à son scepticisme.
— Peut-être, oui. Mais comment vivre en équilibre dans cette incohérence qui nous entoure ?

Le regard de l'homme s'assombrit légèrement.
— En prenant le temps. Peut-être que la réponse réside moins dans le désespoir et plus dans ce que chaque rencontre apporte. Je ne suis qu'un passant, mais j'ai appris à vivre pleinement mes rencontres, même les plus déconcertantes.

Ces mots résonnent avec lui. Peut-être dans la simplicité de l'échange réside une vérité cachée.

— J'ai besoin de réfléchir, répond alors Paul, se sentant à la fois ébranlé et revigoré.
— Je cherche à percer ces vérités dont je te parle.

— Alors fais-le. Fais de tes rencontres ton inspiration. Écris,. Accueille ce qu'ils te disent. Il reste encore tant de choses à découvrir !

Avant qu'il ne puisse répondre, le groupe de touristes l'appelle, et l'homme repart avec un dernier sourire.
— On se retrouve ici, sous ces cieux souterrains.

Paul reprend sa route, son esprit empli de réflexions sur cette quête de sens, ces paradoxes de l'humanité perdue dans ce dédale. Peut-être que les catacombes, malgré leur poids de mémoire, ont aussi su donner naissance à une forme de lumière.

À mesure qu'il quitte cet avant-soi, il réalise que chaque rencontre, même les plus étranges, façonnent l'horizon de ses pensées. En continuant à errer dans ces couloirs sombres, il sait que quelque part dans cette profondeur, il trouvera des morceaux de lui-même.

Il émerge enfin de ces souterrains, sous la clarté d'une lune pleine. Ce retour à la surface lui semble étrange, comme un écho de vie que nombre de personnes n'ont plus accès.

Maintenant, dehors, dans les bras du Paris nocturne, Paul se sent à la fois libéré et troublé. Sa tête bourdonne d'histoires à explorer. La lumière douce et la musique qui résonne lui rappellent que sa quête ne fait que commencer.

Chapitre 6

La Dégringolade

La nuit s'installe sur Paris, et l'atmosphère vibrante de la ville affiche son visage le plus sauvage. Paul déambule dans les rues, un mélange de curiosité et de méfiance devant l'éclat des lumières, lorsqu'il croise Thomas, l'ami de Léa. Thomas, avec son charisme débordant, porte un regard effronté que Paul connaît déjà trop bien.

— Eh, Paul ! » s'exclame Thomas, approchant avec une boisson à la main.
— On sort ce soir ? La fête bat son plein, et tu ne peux pas rester cloîtré ici comme un moine au monastère !

Paul hésite, une lueur de scepticisme dans le fond du regard.
— Une fête ? Je ne suis pas sûr d'en avoir besoin, Thomas. La nuit et l'illusion humaine ne font que banaliser nos rêves, tu ne crois pas ?

Thomas rit et porte son verre à ses lèvres, l'ignoring presque.
— L'illusion est tout ce qu'on a, mon pote ! Pourquoi ne pas en profiter ? Danse sur les ruines de tes déceptions !

— Danses sur mes déceptions ? Paul se moque.
— Tu ne sais pas de quoi tu parles. Je préfère mon cynisme à ces promesses vides de joie.

— Allez, arrête, l'encourage Thomas, son attitude à la fois engageante et insupportable.
— Ce n'est pas de la débauche, c'est une célébration ! La vie est trop courte ! Il faut plonger, hurler, et s'envoler. T'as qu'une vie, et la nuit est à nous !

Un soupir franchit les lèvres de Paul tandis que sa résistance s'amenuise. Puisqu'il ne peut pas échapper aux invitations de l'univers, il acquiesce finalement.
— D'accord, je te suis. Juste pour voir, mais ne t'attends pas à me retrouver dans ce tourbillon d'excès.

Thomas l'entraîne dans une série de bars où l'alcool coule à flots. Les lumières clignotent, les rires éclatent, et l'air est un amalgamme de voix ivres chuchotant leurs secrets. Paul se sent d'abord comme un intrus, observant la scène avec un regard désabusé.

— Regarde cette énergie, Paul ! C'est ça, la vie ! qu'exclame Thomas, armé d'un verre de gin tonique.

Paul lève les yeux vers les fêtards qui se déhanchent, laissant une partie de lui-même se déconnecter de la réalité. Cependant, cette ambiance festoyante lui semble superficielle, une bulle de soap opéra dans un océan d'ennui.

Un peu plus tard, il se retrouve happé dans un coin, un verre à la main, observant les couples flotter ensemble, s'étreindre comme s'ils étaient les seuls au monde. L'alcool commence à troubler ses pensées, atténuant ses doutes et ses réflexions. Mais une lourdeur s'installe. D'un coup, il réalise que les rêves qu'il chérissait commencent à disparaitre sous le poids de ces illusions.

— Thomas, je... il commence, mais la musique l'écarte, étouffant sa voix. Thomas l'attrape à nouveau pour l'entraîner dans la danse.

Les heures passent, et Paul se fait balancer entre des moments d'excitation et des blessures anciennes. Il laisse les autres partager leur vaine butin, leurs vies se mêlant comme une toile de Picasso. Les rires, les cris, tout cela résonne avec une intensité éphémère.

— Tu vois ? crie Thomas par-dessus la musique.
— C'est ça, la beauté de la nuit ! Éloigne-toi de tout, avant que la réalité ne te rattrape !

Mais Paul, de plus en plus désillusionné, sent que cette spirale le propulse dans un trou noir. Les mots peinent à sortir.
— Est-ce que tu crois vraiment que tout cela a un sens ? Pourquoi doit-on toujours renier la douleur pour célébrer ? »

— Oh Paul, tu es toujours si sérieux !
 Thomas éclate de rire.
— Ne sois pas une victime, sois un héros de ta propre histoire. Laisse tomber ces chaines !

Les plaisanteries fusent, les rêves s'effritent. Encore une nuit bruyante, une autre ronde de débauche s'enclenche. Au fond, il se sent comme un spectateur de sa propre vie, le corps se mouvant sans qu'il le contrôle vraiment.

À un moment donné, alors que la musique devient une mélodie assourdissante, une femme attirante, les cheveux ondulés et un regard illuminé par l'ivresse, fait son apparition.

— Hey, toi ! » appelle-t-elle, sa voix chaude comme la mélodie.

— Tu danses comme un fantôme. Tu dois te laisser aller !

Paul hésite, réagissant à sa provocation.

— Comment peut-on danser quand on dégage une mélancolie aussi violente ?

Elle éclate de rire, ne semblant pas du tout perturbée.

— Ah, mais la mélancolie est belle ! Viens, danse avec moi ! Le monde est fait de passions, même celles qui nous troublent.

Il la suit d'un pas, ses paroles résonnant en lui. Les corps se mêlent, se heurtent et se connectent, mais Paul reste conscient qu'il ne fait qu'effleurer les surfaces. Ses pensées s'emmêlent, une confusion l'envahissant. La débauche et la mélancolie se succèdent, se percutent avec fracas.

Les heures passent, et les gens s'éclipsent peu à peu. Les ivresses s'entrecroisent, et lui, il se retrouve à l'écart, assis sur une marche devant le bar avec un groupe qui parle de leurs désirs. Paul les observe, un mélange d'admiration et de dégoût. Ils s'accrochent à leurs rien, espérant que ça les valide.

« Tu sais, j'ai toujours voulu partir à l'autre bout du monde, dire adieu à ces ruelles, lâche un homme à la barbe rousse, visiblement éméché.

— Et tu crois que partir changera quelque chose ? déclare une femme visage encadré par des mèches désordonnées.
— C'est la même histoire, frère. En tant que nomades de société, nos déboires nous suivent partout.

— Mais au moins, là-bas, je pourrais rencontrer de nouveaux désastres !

Les rires fusent, et pour Paul, ce tableau se dénature rapidement. Il réalise qu'ils fuient simplement la douleur, par des fausses promesses de changement. Il étouffe un soupir, écoeuré par cette débandade humaine, cette apparente légèreté qui dissimule un abîme de désespoir.

En cherchant un moment de répit, il se lève. À l'extérieur, l'air froid le frappe, le ramenant à la réalité. La nuit s'étire au-dessus de lui, emplie d'étoiles indifférentes à ses tourments. Dans cette errance nocturne, il doit retrouver le sens de ce qu'il fuit.

Dans la rue, il voit un groupe de jeunes assis contre un mur, des bouteilles vides autour d'eux. Ils parlent fort, racontant des histoires de rêves avortés.
— Et puis, il a dit que ce n'était pas le moment de se marier ! lance une fille à la voix aigüe.

—« Qui a besoin de mariage ? répond un garçon.
— La vie est trop courte pour des promesses en bois. Laisse les rêves s'évaporer dans le vent !

Les paroles lui font mal dans les oreilles.
— Comment pouvons-nous juste laisser couler nos rêves comme ça ? murmure-t-il en passant à côté d'eux, l'esprit agité.

Les jeunes lèvent les yeux, une lueur d'amusement dans leur regard.
— Pas besoin de s'inquiéter ! On vit pour le moment, pas pour demain ! répond l'un d'eux, un sourire insouciant aux lèvres.

Paul soupire, son cynisme aux abois, se tournant vers la nuit pour ignorer leurs éclats de rire. Les ombres qui l'entourent deviennent de plus en plus vives, interrompant son chemin. Comment ces gens peuvent-ils vivre ainsi, déconnectés de la profondeur de leur propre existence ?

Il continue sa route, se sentant plus seul qu'auparavant, se demandant s'il y aura jamais une issue à ce désespoir. À l'intérieur de lui, chaque rencontre semble lui révéler un peu plus de vérité, mais il refuse de l'accepter.

Il finit par se retrouver dans une ruelle déserte, les murs couverts de graffitis colorés. Au fond, il entend la musique provenant d'un lieu vibrant. Intrigué, Paul s'approche, découvrant un petit bar vivant. À l'intérieur, une scène où des gens se produisent en direct, des chansons tour à tour mélancoliques et entraînantes.

Il repousse la porte, désireux d'enfouir ses doutes dans le rythme des mélodies. Dans ce lieu débridé, il retrouve une forme de confort, une connexion qui fait écho à ses propres émotions. Peut-être qu'à travers ces chants, c'est un autre récit qu'il pourrait explorer. Un miroir qui le renvoie aux profondeurs de son âme, tandis que les chanteurs crient des vérités qu'il hurlait à voix basse.

À ce moment, Paul se rend compte qu'il est peut-être enfin prêt à cette confrontation. La nuit montrera bien plus que ce qu'il avait imaginé.

Le bar, avec sa nébuleuse de couleurs et de sons, l'accueille sans réserve. La musique résonne, vibrant à travers les murs comme une émotion collective. Il s'y faufile, perdant quelque peu son cynisme dans l'effervescence ambiante. Peut-être cette ambiance pourrait lui offrir un répit, une forme de connexion loin des désillusions de la réalité.

Au fond, une scène accueille des musiciens aux allures sinueuses, oscillant entre différents genres, passant du folk à une fusion électro. La voix rauque du chanteur rebondit contre les murs, comme un appel chaleureux à la vérité enfouie. Paul s'installe sur un tabouret en bois, sirotant une bière que la serveuse lui a servie sans qu'il demande. À cet instant, il se laisse séduire par les vibrations de la mélodie.

À côté de lui, une couple danse, se complaisant dans leurs élans passionnés. Une jeune femme, rousse aux boucles indomptées, pizzique son partenaire avec un sourire lumineux.
— Viens, laisse les tracas derrière nous ! s'écrie-t-elle en le tirant dans une danse effrénée.

La scène est un tableau vivant, comme une coupe de champagne renversée. Les mouvements désordonnés sont à la fois magnifiques et laids ; un reflet de la vanité humaine. Paul sourit, secouant la tête face à cette euphorie sans retenue.

Il tourne la tête, scrutant l'assemblée en quête de visages familiers, mais tous lui semblent étrangers, perdus dans une danse extatique qu'il peine à comprendre. Soudain, une voix familière s'élève à l'arrière : c'est Clara, celle qu'il a rencontrée la veille.

— Paul ! T'y es enfin ! s'exclame-t-elle, un sourire éclatant aux lèvres, son énergie rayonnante. Elle s'approche, vêtue d'une robe qui virevolte comme si elle était faite de mille étoiles.
— Qu'est-ce que tu attends ? Viens danser avec nous !

— Je ne suis pas sûr que ce soit vraiment un lieu pour moi, répond-il, son pessimisme refaisant surface.
— J'observe juste le désastre ambiant.

Clara lève les yeux au ciel, amusée.
— Tu es vraiment un poète torturé, Paul. Juste une fois, essaie de te laisser emporter ! La vie est trop précieuse pour se prendre au sérieux à chaque instant.

Il lâche un soupir et, dans un élan de défi, se lève.
— D'accord, mais ne t'attends pas à des merveilles.
Ils rejoignent le dance floor ensemble, et à chaque pas qu'il fait, il sent l'ébullition des corps survoltés l'entraîner avec eux.

La musique pulse dans ses veines, et bien qu'il résiste, une petite partie de lui répond à l'appel du rythme.

Clara l'encourage, son enthousiasme lui éclaboussant le visage. Il s'imprègne de cette énergie collective, se perdant dans le mouvement, dans cette euphorie absente de raison.

À chaque note, son cynisme se dissipe un peu plus, comme la brume au matin. Il danse, il rit, se laisse emporter, comme un papillon se frayant un chemin à travers le chaos. Mais cette légèreté n'est qu'un trompe-l'œil, et il sait que, sous cette couche, les ombres de ses pensées continuent de le hanter.

— Voilà ! Ça, c'est ce que je voulais voir ! s'écrit Clara en éclatant de rire.
— Le Paul que j'aimerais voir plus souvent, le bon vivant !

— Ne te fais pas trop d'idées. Ce n'est qu'un moment de chaos, répond Paul, essoufflé.
Cependant, il éprouve un certain contentement. Cette vibration, cette communion par la danse et la musique, c'est un remède temporaire sans aucune promesse de conséquences.

Alors qu'il s'éloigne un peu du mouvement des corps, il croise le regard d'un jeune homme. Ce dernier, habillé d'un T-shirt vintage décoloré et de lunettes teintées, s'illustre par son allure d'écorché vivant. L'air impénétrable, il scrute les lieux, comme s'il cherchait quelque chose.

Paul, toujours en proie à ses doutes, décide de lui parler.
— Eh, tu cherches quelque chose ? demande-t-il, une curiosité piquée.

Le jeune homme s'approche, un regard éclairé.
— Je cherche la vérité, mon ami ! Mais ça semble se dérober, encore et encore !

— La vérité, tu dis ? Aimes-tu l'illusion ? Parce que, ici, c'est un peu la règle, rétorque Paul, le cynisme refaisant surface.

— Tout est une illusion, ne l'oublie pas ! répond le jeune homme avec une fougue inattendue.
— Mais parfois, l'illusion devient un refuge. On danse pour oublier le désespoir. Il ne faut jamais oublier que le rêve se cache sous chaque ricanement.

Sans attendre de réponse, le jeune homme s'éloigne dans la foule, se mêlant aux rythmes effrénés comme une ombre fugace. Paul, parfois, hésite, incapable de cerner ce qu'ils cherchent vraiment.

Soudain, la musique se fait plus douce, laissant place à un moment propice à la réflexion. Paul sent une pause dans cette euphorie presque captivante. Alors, ses pensées vagabondent vers une réflexion de plus en plus amère :

« Pourquoi suis-je ici ? Est-ce simplement pour observer ce ballet de désillusions ? »

Des éclats de rire l'entourent, mais ce rire lui évoque une amertume, un écho d'angoisse au fond de sa gorge. Il se rend compte alors qu'il n'est pas là simplement pour fuir, mais pour faire face à ses démons. Sa nuit, malgré ces éclats de vie, semble lui rappeler un peu trop comment la douleur humaine mord.

Il sort à nouveau dehors, se ressaisissant sous un ciel étoilé. Une partie de lui se demande si cette débauche est réellement ce qu'il désire. Dans les ombres sèches des lampadaires, il songe aux chansons qu'il pourrait écrire, aux vérités qu'il tenterait de décrire.

Au fond, cette vie nocturne exaltante n'efface que temporairement ses frustrations. Au fur et à mesure qu'il navigue dans les méandres de sa mélancolie, il se rend compte qu'il entre dans un cycle. Peut-être que la beauté s'y cache quelque part, mais il peine à la trouver.

— Paul ! l'appelle une voix plane sur le seuil de la porte. C'est encore Clara, son sourire éclatant illuminant la nuit en ce moment sombre. Elle s'avance, un peu essoufflée, comme si elle avait couru juste pour le retrouver.

— Alors, prêt à retourner aux choses sérieuses ? lance-t-elle en l'enjoignant à rejouer la comédie du lendemain.

— Les choses sérieuses ? C'est un grand mot pour une soirée pleine de promesses vides, rétorque Paul peu enthousiaste.

— Pas du tout ! La vie est pleine de rebondissements. Viens, on danse encore une fois, pour célébrer cette absurdité ensemble ! » insiste-t-elle.

Il hésite un instant, l'envie de retourner dans cette ambiance euphorique le tiraille, mais il n'a pas encore choisi si sa mélancolie doit dansanter avec lui.
— Ce n'est pas mon style, je m'invite plus facilement dans l'obscurité, lâche-t-il.

Clara le titille et monte l'enjouement, tournoyant à ses côtés.
— Ne sois pas si ennuyeux, Paul. Parfois, il faut faire le fou pour savourer le moment. Lève toi et regardons la vie, même dans toute sa laideur.

Finalement, dans un élan de défi face à ses propres réflexions, il la suit à l'intérieur. L'air est lourd, emprisonné dans un mélange de senteurs : alcool, sueur, et rêves à demi-réalisés. Les corps se pressent, et la musique pulse encore une fois, s'infiltrant profondément dans son cœur.

Au fond, Paul se laisse porter par le mouvement, et pour la première fois peut-être, il prend conscience que ce cynisme peut lui faire du tort. L'illusion de la fête, le jeu des apparences, tous ces instants incertains construisent un récit que seul lui peut façonner.

Il tourne son regard vers ses compères, vers la lumière de Clara.
« Peut-être que chaque rencontre, même avec la douleur, a un but. Peut-être que, même perdus, ces moments peuvent offrir à chaque âme une échappatoire temporaire. »

Ainsi, la nuit continue de dérouler ses mystères, promenade de désespoir et d'espoir. Dans ce ballet désordonné de vies enchevêtrées, Paul se rend compte que, pour l'instant, il est plus qu'un simple flâneur ; il est sur le point de revendiquer sa place.

Chapitre 7

L'Illusion de l'Amour

La lumière du jour s'infiltre à travers les rideaux chiffonnés de Paul, riant presque de sa mélancolie nocturne. Il se réveille d'un sommeil agité, une chaleur diffuse se mêlant à la réminiscence de souvenirs fugaces, en particulier ceux associés à Léa. La nuit précédente avait été un tourbillon d'euphorie, mais ce matin, sa pensée creuse des ombres plus profondes.

Léa, cette femme au regard lumineux, qui se glisse dans ses pensées comme une mélodie envoûtante, représente tout ce qu'il désire et craint en même temps.
« Qu'est-ce que je ressens vraiment ? » se demande-t-il en scrutant le plafond de son studio, la question spirale le poursuivant.

Il se lève et, dans un état de semi-vigilance, se prépare pour la journée. Ce n'est pas seulement son attirance pour Léa qui l'obsède, mais aussi cette distance qu'elle semble maintenir – un abîme qui le déstabilise.

Après un café noir amèrement préparé, Paul décide de se rendre au café où ils s'étaient rencontrés pour la première fois. Peut-être que le décor familier l'aiderait à éclaircir ses pensées troubles. La rue est animée, et Paris respire une énergie vibrante autour de lui. Pour autant, son cœur pèse lourd, le dilemme de ses sentiments errant dans cette masse de plein air.

Il arrive au café, s'installant à une table extérieure. Les gens l'entourent, mais il n'y a rien de plus bruyant que son propre silence. Il repense à Léa, son sourire éclatant, ses yeux pétillants d'une confiance indomptable. Mais sa présence, contrairement à son allure, paraît souvent distante.
« Qu'est-ce qui la retient ? » se demande-t-il.

La serveuse, une jeune femme avec des yeux enjoués, l'interrompt dans sa torpeur. «
— Un café noir, comme d'habitude ? lui demande-t-elle, une routine installée entre eux.

« Oui, s'il te plaît. Et… as-tu vu Léa, par hasard ? » demande-t-il, essayant de masquer son impatience.

— Elle était là hier soir, mais je ne l'ai pas vue aujourd'hui, répond la serveuse.
— Tout le monde parle d'elle, tu sais. Elle est la reine de l'endroit.

Paul pousse un soupir
« La reine... ou l'illusion, selon le jour, » murmure-t-il. Les mots se tournent dans sa tête, frémissant et se déformatant. Sa préoccupation pour elle n'est pas simplement standard, il ressent un besoin désespéré de la comprendre.

Alors qu'il attend son café, il observe une table à proximité, où se trouve un groupe de jeunes rires et de cris.
— L'amour... prononce une des filles, son esprit transporté dans quelque chose de léger.
— Peut-être que l'amour, c'est juste une illusion, tu ne crois pas ?

L'un de ses amis lève un verre, un sourire moqueur sur les lèvres.
— Une illusion peut-être, mais voir la réalité en face est bien trop douloureux.

Leurs éclats de rire s'entremêlent, mais Paul reste distant. Ils errent dans un monde d'insouciance, un monde qu'il peine à partager. L'amour est bien plus complexe que cela, se dit-il, un fragile équilibre entre passion et désillusion.

Finalement, son café arrive, et il s'y plonge, s'efforçant de chasser ces pensées qui le forcent à s'interroger sur ses propres sentiments. Léa représente toutes les promesses et les attentes qu'il réserve à cette ville, mais comment peut-on aimer quelqu'un dont l'étreinte semble distante ?

Soudain, il entend une voix familière derrière lui.
— Paul !
—C'est Léa, son regard lumineux se posant sur lui.
 En un instant, ses pensées s'envolent, laissant place à l'adrénaline. Elle s'approche, un léger sourire de parfaite confiance collé à ses lèvres.

— Salut, Léa, dit-il, bien qu'il ne soit pas sûr de son équilibre.

— Je ne savais pas que tu venais ici aujourd'hui ! répond-elle, s'asseyant sans hésiter.
— Quoi de neuf ?

Paul ressent un frisson. « Pas grand-chose. J'étais simplement perdu dans mes pensées. J'essaie de comprendre ce que je fais dans cette ville. »

Elle rit légèrement, mais quelque chose dans son regard l'étonne.
— La vie à Paris te prend, n'est-ce pas ? On oscille tous entre rêves et désillusions.

— Oui, exactement ! Tu sembles bien connaître le jeu, lui dit-il, cherchant à savoir jusqu'où elle se projette. Sa présence lui semble à la fois réconfortante et déstabilisante.

— L'illusion peut être gracieuse, mais elle est souvent éphémère, » avoue-t-elle.
— Mais je crois en la beauté de ces illusions, de l'art qui nous entoure.

Paul place ses mains autour de sa tasse.
— Et comment faire face à cette réalité ? Si tu sais que l'amour n'est qu'un mirage ?

Léa plisse les yeux, visiblement intriguée par la tournure de la conversation.
— L'amour est ce que tu décides d'en faire. Parfois, il reste une illusion, une promesse non tenue. Mais il peut aussi devenir quelque chose de tangible, quelque chose qui éveille.

Paul, en proie à un dilemme, se rend compte que ses sentiments pour Léa se complexifient.

— Tes mots sont tentants. Mais que se passe-t-il quand ces promesses s'effondrent ? Est-ce que tu es prête à affronter ce mur ?

Elle le scrute, cherchant à percer à jour son cynisme.
— Je crois que la plupart des murs que nous construisons, ce sont des protections contre la douleur. Peut-être qu'il est temps de laisser partir cette peur, Paul.

Le cynisme l'étouffe alors qu'il comprend que ses propres insécurités s'excitent.
— Mais avouer ses sentiments, c'est aussi se rendre vulnérable. Je ne suis pas sûr d'y être prêt, surtout dans ces temps troublés, lui confie-t-il, un mélange de douleur et d'honnêteté se frayant un chemin.

Léa hoche la tête, plus grave.
— Je comprends. L'amour peut être déroutant, mais il peut être aussi une source de force. Il nous enseigne à grandir. Regarde autour de toi. Nous sommes tous là à lutter avec nos démons.

Paul se fige, perplexe.
— Oui, mais est-il possible d'accueillir ce que tu ressens sans que ça ne te détruise ?

— Je crois que c'est le plus grand des défis. Mais si tu n'essaies pas, tu ne sauras jamais. Et si je t'encourageais à essayer avec moi ?

Il déglutit, ancré entre l'espoir et le désespoir. Voyant sa transparence, il sent une chaleur l'envahir. Mais il doit rester vigilant.
— C'est une offre intéressante, mais je crois que je porte encore des chaînes.

Soudain, le rire d'un groupe de jeunes résonne derrière eux, interrompant leur conversation. Léa jette un œil, un sourire sur ses lèvres.
— On pourrait vivre un peu, n'est-ce pas ? Avec ces gens, on pourrait faire un tour, surveiller le monde d'un autre œil.

Paul relève les yeux, une idée s'éclairant au fond de lui.
— Peut-être… mais je crains que cela ne me plonge dans un désespoir encore plus grand.

— Tu es trop pessimiste, lui rit-elle, scribouillant des mots d'espoir à son corps.
— Allons les rejoindre. Tu pourrais bien découvrir que même les illusions peuvent être une source de réconfort.

Et, bien qu'il ait encore des hésitations, il se rend compte qu'ignorer cette dynamique ne pourrait que l'éloigner un peu plus d'une vérité éventuelle.

— D'accord, on va voir. Allons-y ensemble, même si ça veut dire voir la réalité à la manière d'un film d'art.

— Voilà l'esprit, Paul !
Léa s'anime, illuminée par sa réponse. Elle se lève et lui tend la main, alors que Paul hésite un instant avant de la saisir. Elle l'entraîne vers le groupe.

Il se sent partagé, même si un courant d'excitation commence à le gagner. Cette petite impulsion, comme une onde se propageant, pourrait peut-être le conduire vers quelque chose de précieux. En ce moment, il se dit que, même dans l'illusion, un pas vers la compréhension pourrait avoir plus de sens qu'il ne l'avait cru.

Quand ils approchent du groupe, il se rend compte qu'il a le champ des possibles devant lui, et ce qui l'attend pourrait bien s'avérer différent de ce qu'il avait imaginé.

L'atmosphère dans le groupe est vibrante, remplie de rires et de joie désinhibée. Paul se retrouve alors au centre d'une petite scène improvisée de vie, bercée par la musique douce qui émane d'une enceinte. Leurs éclats de rire semblent lui offrir une échappatoire temporaire, mais en lui demeure cette habituel scepticisme.

Léa un sourire éclatant, l'entraîne sur la piste, palpant l'énergie collective.
— Viens, ne reste pas coincé dans ta tête ! J'aimerais te montrer ce à quoi cela ressemble d'être vivant pour une fois !

Il lui emboîte le pas presque à contrecoeur, le cœur battant dans un mélange de méfiance et d'excitation. La musique monte en intensité, et il se laisse emporter par le rythme.
— Que faire ici ? se demande-t-il, trop conscient de sa vulnérabilité, tandis que Léa et les autres se déhanchent autour de lui.

— On célèbre la vie, Paul ! lui crie Léa par-dessus la musique, son visage rayonnant.
— Ne te contente pas de regarder, participe pleinement !

Il essaye de se laisser entraîner, de jouer le jeu, mais ses pensées restent rivées sur l'immensité du désespoir sous-jacent qui les entoure. Il jette un coup d'œil à Léa, qui est absorbée par la musique, son sourire lumineux illuminant la petite scène. Une chaleur se diffuse dans son cœur, mais il s'en méfie.

« Est-ce que c'est ça, l'amour ?
se demande-t-il, un mélange de crainte et d'appréhension l'envahissant.
« C'est un mélange d'euphorie et de désespoir ? »

La musique éclate dans la nuit, et il se rend compte qu'elle l'appelle, comme une mélodie un peu trop familière. Il entend des éclats de voix et de rires, mais derrière tout cela se trame une des désillusions qui l'étreignent.

D'un coup, alors qu'ils dansent, une jeune femme s'approche de lui, légère et pleine d'énergie. Elle est vêtue d'une jupette lumineuse, ses cheveux flottant comme des fils d'or.
— Et toi, là-bas, le solitaire ! Tu veux danser ou tu veux rester un fantôme ?

— Je n'ai pas vraiment envie de devenir un de vos objets de rêve, mademoiselle ! retorque Paul, un brin sarcastique, cherchant à dissimuler l'échappée qui s'installe autour de lui.

Elle éclate de rire, un son léger et libre.
— Que tu sois un fantôme ou un prince dans une nuit enchantée, ce n'est pas à moi de choisir. Tu es ici, ce qui fait déjà un pas en avant !

Le scepticisme de Paul s'effrite lentement, celui d'être étreint par une illusion de liberté ici bas.
— Et cela change quelque chose ?

La jeune femme s'approche un peu plus, sa voix douce.
— Tu peux le voir comme ça, mais regarde autour de toi. Les gens vivent ici, sans masque, sans formalités. Peut-être que tu devrais faire pareil.

Il scrute la scène, et autour de lui, il observe le ballet des corps, tous dans un moment d'authenticité, comme une explosion de couleurs et de douceurs.
— Mais qu'est-ce que cela apporte vraiment ? demande-t-il, cherchant une faiblesse dans son raisonnement.

— Peut-être que peu importe ce que cela apporte, cela vient du cœur ! rétorque la jeune femme avec une exubérance.
Elle lui sourit, le défiant de se laisser emporter par cette chaleur humaine.

Tout à coup, elle lui tend une main, une invitation à rejoindre la danse. Il hésite, son instinct réticent à se dévoiler, mais une partie de lui se retire des anxiétés. Alors, il prend sa main, prêt à faire son entrée. Au fond, il sait que la vie est différente ici, et cette énergie se mélange en lui.

Un autre morceau commence, et, porté par l'univers musical, il se joint au mouvement. La chaleur se diffuse en lui. La danse devient un moyen de se libérer, d'expulser ses doutes et ses incertitudes, et il commence à profiter du moment, laissant cette euphorie mousser dans son cœur.

Mais alors que le monde tourne autour de lui, il se lance un regard furtif vers Léa, qui danse avec une grâce naturelle, enivrée par la musique. L'interaction entre eux semble complexe. Une part de lui se sent attirée vers elle, tandis qu'une autre la voit comme une étoile de lumière, distante mais brillante. Cette tension le trouble.

Finalement, la fête prend un tournant. Les rires s'intensifient tandis que les verres se remplissent de manière insouciante. Paul, amusé par l'ivresse collective, se retrouve quelque part entre rêve et réalité.

Au détour d'un moment, alors qu'il se lève pour se rafraîchir, il aperçoit un coin sombre où quelques âmes perdues discutent à voix basse, à l'écart de l'agitation joyeuse. Curieux, il s'approche. Ils parlent de projets, de l'avenir, mais leur ton trahit une douleur sous-jacente.

— Je dois quitter cette ville, » déclare un jeune homme dont le regard s'est assombri.
— Je ne peux plus supporter cette superficialité, chaque jour semble jouer à cache-cache avec la vérité.

— Mais où iras-tu ? questionne une autre voix, peut-être un peu craintive.
— Partir n'est pas une solution. La douleur t'attendra toujours là où tu es.

Paul, en écoutant cette conversation, se sent soudainement interpellé. Ces mots résonnent avec ce qu'il ressent. L'idée de fuir son mal-être est séduisante, mais il sait bien que la douleur peut le suivre comme une ombre. Il s'éclaircit la gorge et se penche légèrement.
— Partir ne changera rien, si ce n'est pas une décision prise dans la lumière.

Les regards convergent vers lui, interrogeant son scepticisme.
— Et es-tu sûr d'en comprendre quelque chose ? Ne sont-elles que des illusions ? » jette le jeune homme avec un sourire ironique.

— Je sais que je lutte avec mes propres démons, répond Paul, son cœur s'échauffant.
— Mais peut-être que rester et affronter pourrait aussi être une option.

Un silence s'installe alors que tout le monde l'écoute. C'est un moment de révélation, une publication de vérité face à tant d'agitation. Cela ne l'étonne presque pas qu'il soit aussi ému. Au fond de lui, une notion s'illumine.

— Rester ? Alors, que fais-tu ? Pourquoi ne pas te libérer de ce poids ? scoffe l'un des amis.

Paul réfléchit un instant.
— Parce que peut-être que ce poids est ce qui donne à ma vie des contours. La liberté n'est pas une fuite ; c'est une confrontation.

La tension se dissipe lentement, chacun y réfléchissant. Alors que la musique résonne toujours autour, il sent que, même perdu, il a droit à quelque chose de vrai. Il sait qu'il devra continuer à cohabiter avec ses doutes s'il veut se découvrir.

Les autres semblent apprécier sa sagesse glaciale. Paul lâche un sourire, presque timide. Le groupe, désormais réuni par une réflexion, partage ensemble une mélancolie douce.

Quand il retourne vers la piste de danse, il se sent plus léger. Il plonge encore à l'intérieur, s'approchant de Léa qui, avec sa lumière douce, semble l'attendre.

— Alors, Paul, ça va ? Tu as été trop longtemps dans l'ombre, lui lance-t-elle.

— Oui, peut-être que la nuit a quelque chose à m'apprendre. Sa voix tremble alors qu'il lui fait face.

Elle l'observe, intriguée.
— Je saisis, mais ça te ronge aussi, non ? Tu as l'impression que tu pourrais te perdre dans ça…

Paul hésite, ses sentiments créant un tourbillon intérieur. Il perçoit en effet cette attraction, mais la peur de s'impliquer le freine.
— Oui, mais peut-être qu'apprendre à vivre au milieu de ce désespoir est aussi un pas vers la lumière.

— Et tu es prêt à franchir le pas ? l'interroge-t-elle, sa voix douce mais insistante.

C'est un instant figé, empreint d'une vérité, et à ce moment-là, il sait qu'il doit lui faire face.
— Je pense que je le suis. J'essaierai. Je me bats encore avec mes démons, mais j'espère qu'à travers cela, quelque chose de plus grand émergera.

Alors, dans cette chaleur, sous cette nuit lumineuse, il ressent un élan de douceur. Peut-être qu'accepter ses propres illusions et désirs est le chemin. Dans cette danse, il se tient à la croisée des chemins, un mélange d'excitation et d'angoisse, mais il est déterminé à les affronter.

La nuit continue de vibrer autour d'eux, une promesse de secrets, d'éclats d'humanité et, peut-être, d'un amour qui devient plus qu'une illusion.

Chapitre 8

Réveil Brutal

La nuit est déjà avancée, une obscurité enveloppante et désinhibée s'étend sur Paris. Paul, ivre de l'adrénaline de la fête, se laisse emporter par le flot des voix et des rires qui résonnent autour de lui. Les lumières dansent comme des étoiles égarées, promettant une évasion totale de la réalité. Mais sous ce voile d'excitation, un malaise sourd commence à s'installer.

Alors qu'il se perd dans l'euphorie, il ne remarque pas tout de suite que les tensions commencent à s'exacerber parmi les fêtards. Tout à coup, un cri aigu fend l'air, une dispute éclate à quelques mètres de lui, troublant l'atmosphère festive. Paul se retourne, une vague d'inquiétude l'envahissant, déjà conscient des dangers que peut receler la nuit.

— C'est rien, juste une légère altercation ! » crie Thomas, l'un de ses amis, sa voix pleine de défi. Mais Paul, qui a toujours eu un mauvais pressentiment face à la violence, fronce les sourcils.

« Ces choses là peuvent dégénérer rapidement, murmure-t-il pour lui-même. »

Les autres continuent à danser, les rires deviennent des échos étranges, perdant leur couleur. L'angoisse commence à tisser une toile, et Paul se sent de plus en plus mal à l'aise. Il se détourne, essayant d'ignorer ce qui est en train de se passer, mais il sait qu'il ne peut pas rester longtemps dans cette atmosphère qui devient pesante.

Soudain, un bruit de verre brisé fait sursauter la foule. Une bouteille, lancée avec colère, s'écrase près de lui. L'éclat du verre fend l'air comme un coup de tonnerre. Une rixe éclate sous ses yeux, et Paul assiste à une danse chaotique de corps qui se battent, se poussent à travers la salle, le tumulte résonnant comme une symphonie désaccordée.

Dans un élan de panique, il cherche à se frayer un chemin vers la sortie, mais la foule se compacte autour de lui. Des cris retentissent, des voix exaltées et alcoolisées, des éclats de colère qui rendent l'atmosphère électrique. Ce n'est plus une fête, mais une lutte pour la survie.

—Léa ! » appelle-t-il, cherchant du regard l'une de ses amies, submergée par le mouvement des corps ivres. Il s'approche d'un groupe, mais la violence incurable l'arrête. Les images saccadées d'un affrontement lui troublent la tête.

Des personnes qui se battent, des rires se muent en cris de douleur. Paul se cogne contre un mur, dérouté par la brutalité qui l'entoure. Il essaie de rester calme, mais son cœur s'emballe. « Que faire ? » se demande-t-il alors que la scène se dégrade sous ses yeux.

Poussé par la foule, il aperçoit un homme au regard tumultueux, sur le point de frapper. Par réflexe, Paul se glisse derrière une table, cherchant à échapper à cette folie. Mais avant qu'il puisse se détourner, une personne trébuche contre lui, des éclats de colère se mêlant à son désespoir.

Il doit fuir. Ce n'est plus une question de choix, mais de survie. Il s'élance vers l'extérieur, brisé et tourmenté. À chaque pas qu'il fait, une douleur aigüe peigne son cœur.

Une fois dehors, le souffle court, il se retrouve dans une ruelle sombre. La réalité le frappe violemment. Chaque battement de son cœur résonne comme un tambour de désespoir. « Pourquoi tout cela ? » se demande-t-il, s'adossant contre un mur, la tête douchée de coulis de regret.

C'est alors qu'il réalise que dans ce chaos, il a perdu quelque chose de précieux, une pièce de lui-même qu'il avait ignorée. La fragilité de l'existence est une réalité à embrasser, mais en ce moment, elle le terrasse. Les visages, de l'énergie et de la joie, se transforment en ombres, témoins d'un désespoir qu'il n'était pas prêt à accepter.

Sa respiration se fait haletante, et il réalise que l'amour, cette étoile qu'il espérait trouver, semble maintenant hors de portée. Même Léa, qui s'est battue si courageusement pour lui montrer la lumière, reste introuvable dans cet océan d'agitation. Il se sent brutalement seul, confronté à ses propres démons.

« Qu'est-ce que je fais ici ? » se murmure-t-il en essayant de rassembler ses pensées.
Il repense aux discussions récentes, aux souvenirs d'enfance, et à la douleur qui l'a façonné. Tout cela lui revient à l'esprit, exacerbant cette sensation de perte.

Le monde devient flou, et il s'assoit sur le sol, craignant de sombrer davantage. Les bruits ambiants s'évanouissent lentement, et il se retrouve dans un silence accablant. Ce qui l'enseignait est que tout cela n'est pas simplement une question de désespoir, mais d'acceptation — d'accepter qui il est dans un monde imprévisible.

« C'est un réveil brutal, » réalise-t-il, une reconsidération de son propre parcours à travers ces rencontres sur la route. Les échecs, les peurs, et ces moments sont tous des composantes de sa croissance.

Il sait qu'il ne peut pas fuir constamment cette réalité. Le cœur lourd, il se lève, une prise de conscience nouvelle s'imposant comme une clarté inespérée. L'amour et la douleur, l'espoir et le désespoir, tout cela fait partie intriquée de son existence et de son écriture.

« Peut-être qu'il est temps que je reprenne le chemin, que je tourne cette douleur en quelque chose de constructif, se murmure-t-il en se dirigeant vers la lumière encore flottante du bar.
  Parce que chaque coup de poing, chaque larme, chaque moment de douleur peut devenir un récit, une chanson chantée dans les ombres de la nuit.

Seul dans ses pensées, mais propulsé par une conviction meurtrie, il se rend compte qu'il doit tenter de faire face à ce qui l'angoisse. Chaque rencontre, chaque voix, lui a déjà appris à vivre pour plus.

Il décide alors que jamais il ne laissera le désespoir l'emporter. L'obscurité est réelle, mais elle ne le définira pas. Avec une force renouvelée et un cœur battant, il retourne vers Paris, prêt à aborder chaque jour avec courage.

Et alors, à ce moment-là, il embrasse son histoire, conscient que la véritable résilience réside dans le fait de se relever et d'écrire le prochain chapitre, même si les pages sont encore blanches.

Chapitre 9

Retour à la Réalité

Au matin, Paris s'étire doucement, émergeant lentement de l'obscurité de la nuit. Les rayons du soleil frôlent les pavés, mais pour Paul, la lumière a un goût amer. Sa tête lui fait mal, un mélange de fatigue et de regrets qui le plombe. Il se réveille dans un coin d'un canapé aux couleurs éclatantes, entouré de rires lointains et de murmures indistincts.

Les échos de la nuit précédente l'envahissent, chaque éclat de voix, chaque rire feutré. Rapidement, il réalise qu'il a quitté la fête au milieu du chaos, mais il n'a jamais eu le temps d'assumer la réalité de son ''assiette.'' Les souvenirs de la bagarre s'entremêlent à ceux des rires, des promesses brisées et d'une mélancolie bien trop familière.

Il se redresse avec un soupir, le regard flou.
« Qu'est-ce que je fais ici ? » se demande-t-il, tentant d'assembler les morceaux de sa mémoire chaotique. Son cœur se serre à penser à Léa et à la peur qu'il a ressentie pour elle.

Peu à peu, il se lève et sort de l'appartement. Les bruits des rires et des cris fusent encore, mais cela lui semble si lointain, comme un écho dans une autre dimension. À l'extérieur, la lumière du jour l'assaillit, le frappant dans l'esprit tel un coup de massue. Il se pousse à avancer, le corps encore engourdi, cherchant à se frayer un chemin à travers le tumulte du Paris matinal.

La rue est animée, les gens s'affairant à leurs routines avec une détermination aveugle. Paul, perdu dans ses pensées, flâne sans but, ses pas se mêlant tantôt au flot des piétons et tantôt aux véhicules qui vrombissent sur la chaussée.
« Pourquoi tout semble-t-il si absurde ? » pense-t-il, un sourcil arqué, scrutant ce qui l'entoure.

Il s'engouffre dans une ruelle étroite, tentant de fuir ce flot d'illusions humaines. Les murs, ornés de graffitis colorés, lui parlent d'un art oublié, d'une beauté insoupçonnée derrière la couche de désespoir qui enveloppe la ville.

« Qui suis-je pour juger ? » murmure-t-il, se sentant pris dans une valse de contradictions.

Dans cette ruelle, il a besoin de faire le point sur les événements récents. Se redressant, il réalise que tout ce qu'il a fui finit par le rattraper. Il se doit de retrouver sa voix et, surtout, de prendre en main sa vie et son avenir.

Alors qu'il laisse échapper une profonde inspiration, un cri retentit le déstabilisant. Paul tourne la tête et voit un homme assis contre le mur, la tête baissée, des bouteilles vides à ses pieds. À ses côtés, une femme tente de le réconforter, mais il semble trop emporté par une lutte personnelle.

— Allez, ça va aller ! tente-t-elle, les larmes aux yeux.
Paul est déterminé à passer son chemin, mais une part de lui le pousse à s'arrêter. Ce cri, ce désespoir, résonne en lui comme un appel.

Il s'approche un peu plus, hésitant.
— Qu'est-ce qui se passe ? demande-t-il, la voix pleine de compassion.

L'homme lève un regard vide, comme si ses yeux ne reflétaient plus rien.

— Ça ne va pas, mec… murmure-t-il, sa voix brisée par la douleur.

— J'ai tout perdu. Mes rêves, ma famille… Tout s'est effondré.

Paul sent une douleur familière dans ses mots.

— Je comprends, répond-il, même s'il n'est pas sûr d'avoir réellement toutes les clés de cette expérience.

— Mais il faut continuer, il y a de l'espoir, même dans la tempête.

La femme jette un regard reconnaissant vers Paul, une lueur de gratitude traversant son visage.

— Merci… mais parfois, tout semble trop pénible, trop lourd à porter, soupire-t-elle.

Paul hoche la tête, son cœur lourd.

— Je vis aussi avec ce poids. Mais les mots ont cette capacité à exprimer ces douleurs. Ne sous-estimez jamais la force de vous exprimer. Il se rappelle ses propres tourments, le poids de ses réflexions, de son écriture, et réalise que même ce moment peut avoir un sens.

Le regard perdu de l'homme fait écho à ses propres luttes. Il comprend alors que s'il ne tente pas de se relever, son désespoir continuera de le ronger.

— Pensez à écrire, à peindre, ou même à parler, lui propose-t-il, une flamme d'espérance émergeant dans sa voix.
— Parfois, c'est dans le récit qu'on trouve la force de combattre.

Le regard du clochard s'éclaire brièvement, mais rapidement, il semble se perdre à nouveau. Paul se sent impuissant à cotoyer la profondeur de cette désillusion.
— Mais pourquoi se battre pour un monde si dévasté ? » murmure l'homme en baissant la tête.

— Parce que chaque bataille peut ouvrir une porte, répond Paul, déterminé.
— Je ne sais pas encore où cela mène, mais si le chaos nous pousse à créer, ça doit avoir de la valeur, non ?

Un petit silence s'installe, et la femme commence à essuyer ses larmes.
— Peut-être. Mais chaque promesse de bonheur semble perdue.

Paul les observe, conscient qu'ils portent leurs propres chaînes, tout comme lui. Pendant une seconde, il se sent lié à eux, dans un élan de solidarité.
— L'étreinte de la souffrance peut être une manière d'unir nos cœurs. Les rêves peuvent être reconstruits,

dit-il tout en essuyant une larme qui s'épanche de l'œil du jeune homme.

Leurs conversations s'étirent, frôlant la douleur et la beauté de chaque réalité. Ils essaient de puiser force dans l'échange des ressentis. Paul, d'une manière presque imprévisible, se rend compte qu'il est là, dans ce moment. Que même dans la peut-être déliquescence totale, il puise dans ce chaos.

Cette expérience bouleverse son regard sur la vie et les rencontres qu'il a faites jusqu'ici. Peut-être que chaque perte cache un nouvel élan. Son cœur ondule entre l'éveil et le dépit. La lumière se lève, lentement, mettant en relief ce fragile équilibre qu'il tente de conserver.

Finalement, après un moment réconfortant, Paul se lève.
— J'ai beaucoup réfléchi à ce que vous traversez, et ce n'est pas facile. Mais je pense que nous pouvons nous relever ensemble. L'espoir coule dans les veines.

L'homme hoche la tête lentement, les yeux moins vagues. Un rictus se dessine sur ses lèvres.
— Merci, homme. Peut-être qu'un jour, nous trouverons nos mots.

Avec un dernier sourire, Paul fait un pas en arrière, se promettant à lui-même de se battre pour progresser. Il reprend la rue, laissant derrière lui le poids du désespoir. L'air frais de la matinée passe doucement sur son visage, et pour la première fois depuis longtemps, il ressent un élan d'espoir qui le pousse.

« Ce n'est que le début, » murmure-t-il à lui-même, marchant dans cette ville pleine de mystères, déterminé à redécouvrir l'authenticité et à transformer sa douleur en poésie.

Et il sait que c'est à ce moment-là qu'il commence véritablement à écrire son histoire.

Alors que Paul s'éloigne de la ruelle, une sérénité précaire l'enveloppe. Pour une fois, son esprit, habituellement en proie à la cacophonie des pensées sombres, s'apaise lentement. Les leçons de cette nuit chaotique, désormais gravées dans sa mémoire, s'entrechoquent comme des vagues sur un rivage érodé.

« Qu'ai-je vraiment appris ? » se demande-t-il, perdu dans ses pas.
La nuit précédente, avec ses rires et ses cris, ses affrontements et ses départs, l'a confronté à cette absurdité de l'existence. Paris, avec ses facettes

flamboyantes et obscures, reflète le miroir brisé de l'humanité.

Chaque visage qu'il a croisé, chaque sourire échangé et chaque larme versée dans cet environnement désordonné sont autant de fragments d'une même essence : la quête de sens au sein du chaos. Peut-être, se dit-il, que l'amour n'est pas seulement une illusion, mais un moyen de nous accrocher à la vie. Il se remémore Clara, sa passion débridée, et se rend compte qu'elle a raison. « L'illusion, après tout, est parfois ce qui nous permet de vivre. »

Flânant le long des quais de la Seine, Paul contemple l'eau, observant les reflets changeants des lampadaires. Rien n'est éternel dans ce flot incessant — un peu comme la vie des gens qui défilent autour de lui. Ce qu'il a ressenti pour Léa et Clara, et même les griffures de douleur chez ceux qui l'entourent, tout cela prend du sens au fur et à mesure qu'il tisse sa propre histoire.

« Peut-être que la souffrance est le terreau fertile de la créativité, » pense-t-il, une pensée fugace mais convaincante.

Chaque rencontre, chaque moment de vulnérabilité nous rapproche un peu plus de notre vérité. Les mots qu'il tient si cher l'aident à écrire ce qu'il ressent, même si cela résonne souvent comme un cri de désespoir.

Rappelé à ses pensées sombres, il se souvient de l'homme qu'il a rencontré dans les catacombes. Ce type s'était accroché à l'idée que le contact avec la douleur pouvait engendrer une forme de beauté.
« La beauté dans l'obscurité, » murmure-t-il encore, une leçon qu'il n'oubliera jamais.
   Cette connexion humaine est peut-être ce qui transcende la banalité et fait ressortir le meilleur et le pire de chaque individu.

Soudain, une question s'impose à lui : comment transformer cette douleur en quelque chose de productif ? Les mots qu'il a négligés toute sa vie se bousculent dans son esprit, lui rappelant qu'il doit saisir les fragments d'émotions qui l'entourent. En se levant, il se dit qu'en écrivant, il pourrait offrir une forme de soulagement à ceux qui traversent des épreuves similaires.

« Chaque instant de désespoir est une occasion de renouveau, » murmure-t-il à voix haute, une main serrant le carnet qu'il a dans son sac.
Les pensées affluent : des souvenirs, des désirs, des regrets. Tout est là, prêt à se matérialiser sur le papier.

Alors qu'il continue de flâner au bord de l'eau, il se remémore la première fois où il a ressenti cette alchimie avec les mots. Écrire, c'est comme dans l'amour. Un jeu de lumière et d'ombre, rempli de promesses, mais aussi de fractures. La douleur et le bonheur coexistent, et chacun d'eux construit son récit.

Il prend une pause, se retournant pour admirer la Seine, puis se perd dans les réflexions de son âme. Les visages errants autour de lui lui rappellent qu'ils se débattent aussi, chaque personne traînant ses propres blessures.

« L'amour, c'est une chose fondamentalement humaine, » pense-t-il, les souvenirs de Clara et Léa s'estompant dans son esprit.

« L'illusion, la lumière, le désespoir. Tous veulent trouver leurs propres réponses. »

Paul ambitionne alors de ne plus fuir ce qu'il ressent. Tout ce qu'il a observé, chaque rencontre influente qu'il a vécue jusqu'ici s'assemble dans un puzzle fascinant. Les doutes, ses angoisses face à l'humanité, s'articulent comme un récit patient.

« Écrire, c'est ma façon de répondre, » réalise-t-il.

«Transformer la douleur en quelque chose d'honorable. »

L'idée d'écrire lui semble à la fois effrayante et exaltante, comme une promesse à tenir envers lui-même.

Il finit par s'asseoir sur un banc au bord de la Seine, sortant son carnet. Les mots coulent lentement ; son esprit s'empare des sentiments et des réflexions qui l'habitaient. La beauté, le désespoir, l'illusion, tout cela prend forme sur la page.

Il réfléchit à ses expériences récentes, à la danse de la nuit. Les rencontres dans les catacombes, les conversations avec les rêveurs autour de lui — tout cela mérite d'être immortalisé. Il commence à écrire, s'enroulant dans les souvenirs de ces émotions tumultueuses qui l'ont traversé.

Au-dessous de lui, l'eau continue de couler, indifférente aux drames humains. Peut-être que cette fluidité est ce qu'il faut rejoindre, alerter son esprit vers la compréhension, l'acceptation. Dans son écriture, il trouve une forme de catharsis, une aventure vers la découverte de soi.

Alors que le soleil commence à descendre lentement, ne laissant qu'une lueur dorée dans le ciel, il s'arrête un instant. Son cœur, bien qu'encore criblé d'incertitudes, commence à ressentir une légère vibration d'espoir. Peut-être que cet élan serait suffisant pour recommencer.

« À partir de maintenant, je ne me laisserai plus emporter sans réfléchir. Chaque émotion aura son écho. Car même dans l'obscurité, il peut y avoir de la lumière, »
se dit-il avec détermination, prêt à se lever et à avancer.

Ainsi, Paul se promet de ne pas perdre de vue cette étincelle qui vient de naître. La route est encore longue, mais l'étoile scintillante qui brille en lui lui insuffle une nouvelle force. C'est avec une légèreté renouvelée qu'il se dirige vers chez lui, armé de son carnet, décidé à écrire la suite de son histoire.

Chapitre 10

La Solitude et l'Écriture

Une nouvelle nuit tombe sur Paris, enveloppant la ville d'un voile d'étoiles scintillantes. Paul se trouve assis à son bureau, un carnet écarté devant lui et une plume entre les doigts. Écrire, cela semblait être la seule paix qu'il puisse se permettre dans une vie déjà chaotique. La lumière douce de sa lampe éclaire la pièce, révélant le désordre de son esprit.

Les souvenirs de la nuit dernière lui reviennent en mémoire. Les éclats de rires, le tumulte des corps, mais surtout, les vérités qu'il a effleurées. Il se souvient des échanges avec Clara, des réflexions sur l'amour et la souffrance, sur la façon dont les gens luttent pour trouver leur place dans cette immense toile humaine.

Dans un soupir, il commence à écrire.

"Les nuits à Paris sont un théâtre d'ombres. Des visages se croisent, des histoires se trament, dans un ballet ininterrompu entre la lumière et l'obscurité. D'un côté, l'illusion de l'amour ; de l'autre, la réalité du désespoir. Je ne peux m'empêcher de penser que nous sommes tous pris dans cette farce tragique."

Les mots s'enchaînent, presque d'eux-mêmes, comme un ruisseau qui s'échappe de la source. À mesure qu'il écrit, il ressent une forme de soulagement. La plume glisse sur le papier, déversant une mélodie qu'il peut enfin entendre. La solitude qui l'envahit n'est pas étrangère à sa plume, mais au contraire, elle devient sa confidente.

Il se remémore ses rencontres des jours passés : le clochard, l'artiste à la barbe hirsute, la jeune femme à la jupette lumineuse, ainsi que chaque éclair de vérité qu'ils lui ont permis d'entrevoir. Ces voix s'entrelacent maintenant, formant un chœur résonnant de vie.

"Chaque personne croisée porte une histoire, une douleur, un rêve inassouvi. Dans cette ville aux mille visages, je réalise que je ne suis pas si seul. Derrière chaque sourire se cache une ombre, et derrière chaque regard, un océan de pensées. Peut-être que la clé est d'accepter cela. De comprendre que la douleur fait partie de la condition humaine."

Les mots jaillissent comme des geysers, et à chaque phrase, Paul sent un poids s'alléger. Avec la plume, il prend le pouvoir sur ses pensées. L'écriture devient un salut, un refuge où il peut explorer ses angoisses sans que celles-ci ne prennent le dessus.

En griffonnant, Paul se remémore également son attirance pour Léa. « Cet amour, cette illusion, est-ce qu'il est simplement là pour masquer la douleur ? » réfléchit-il. « Chaque moment partagé est une danse entre désespoir et espoir. Mais qu'est-ce que je suis, si ce n'est un spectateur de mes propres émotions ? »

Le silence de la nuit s'impose, le laissant en prise avec ses réflexions les plus intimes. Quand il pense à Léa, il se rappelle ce qu'elle représentait pour lui, une lueur dans un océan sombre. Mais l'angoisse de la solitude persiste. Ce que l'amour lui évoque, c'est une dualité de passion et de crainte.

Il se frotte le front, hésitant. "L'amour, cette illusion, me pousse à vivre mais me paralyse en même temps. Peut-on aimer sans se perdre soi-même ?"

Les pensées continuent d'essorer son esprit, et la plume griffe encore. À chaque mot, il explore une facette différente de ceux qui l'ont touché. Ses rencontres sont un kaléidoscope d'humanité, mais au fond, il sait que la plus grande des luttes demeure en lui-même, une lutte pour trouver sa voix dans cette cacophonie de sentiments.

Paul jette un regard vers la fenêtre, scrutant la noirceur qui l'entoure. Dans l'obscurité, les lumières de la ville lui semblent parfois irréelles, une séparation entre son monde interne et le monde extérieur. Chaque scintillement lui rappelle qu'il n'est jamais vraiment seul, mais dans cette solitude, il puise la force d'écrire.

« Chaque partie de moi-même qui se sent isolée ne devrait pas être un fardeau. C'est une expérience à partager », note-t-il. Les mots deviennent cathartiques, lui permettant d'évacuer la rage, le désespoir, ainsi que chaque éclat de lumière qui persiste.

Après plusieurs pages remplies, il s'arrête, fatigué mais aussi étrangement apaisé. L'écriture révèle une nouvelle dimension de lui-même qu'il n'a pas su voir auparavant. Dans cette solitude, il découvre sa voix, il retrouve sa direction.

Paul prend quelques minutes pour respirer, contemplant l'écriture qu'il vient de créer. Sa vision devient plus claire : écrire est bien plus qu'un moyen d'évacuer son mal-être. C'est un acte de création qui lui permet de construire des ponts entre son âme et celle des autres.

« Je commence à voir les fils de vérité qui tissent cette ville, » écrit-il dans un élan de gratitude. « Chaque mot qui jaillit de ma plume dévoile une histoire, non seulement la mienne, mais celle de tous ceux que j'ai croisés. »

Les heures passent, les mots s'immortalisent sur la page, et alors qu'il finit son récit, il réalise qu'il n'a peut-être jamais été aussi en phase avec lui-même. Peut-être, juste peut-être, a-t-il touché du doigt ce qu'il cherchait désespérément : l'équilibre entre son cynisme et la joie d'exister.

Sans s'en rendre compte, le bruit de Paris commence à s'élever à l'extérieur, la vie reprenant son cours. Mais pour Paul, cette écriture devient un appel à la résilience, un geste de réaffirmation.

Il se penche alors sur son carnet, une lueur de détermination illuminant son regard. « Aujourd'hui, je m'engage à ne plus fuir. Je vais affronter mes démons, me battre pour chaque mot, chaque moment de vérité. Je suis ici, vivant, et surtout, je suis prêt. »

Il ferme son carnet avec une résolution nouvelle, prêt à embrasser non seulement ses propres luttes, mais aussi celles des autres. Paris, avec son énergie étourdissante, devient son terrain d'exploration.

Avec un sursaut d'envie, il s'élève, prêt à tourner une nouvelle page dans l'histoire qu'il s'apprête à écrire. Ce qu'il a gagné dans la nuit ne doit plus être qu'un éclat fugitif. Il est temps de donner vie à tous ces rêves, à toutes ces vérités qui se cachent derrière les ombres.

Chapitre 11

La Rencontre avec un Mentor

Le soleil brille haut dans le ciel au-dessus de Paris, inondant la ville d'une lumière dorée. Paul s'aventure dans le jardin des Tuileries, un lieu qu'il affectionne pour son ambiance sereine qui contraste avec l'agitation environnante. Les feuilles verdoyantes dansent sous le vent léger, et le murmure des couples et des enfants qui jouent semble, pour un instant, effacer ses soucis.

Aujourd'hui, il est déterminé à se concentrer sur son écriture. Les pages de son carnet se remplissent d'espoirs chèrement acquis, transformés en échos de douleurs et de joies. Alors qu'il s'installe sur un banc, la plume à la main, une idée émerge : il doit évoquer le contraste entre ses histoires et les réalités de ceux qu'il observe.

Alors qu'il se perd dans ses réflexions, il croise le regard d'un homme assis quelques bancs plus loin. Cet homme, un écrivain d'un certain âge, arbore un chapeau en feutre et des lunettes rondes qui glissent sur le bout de son nez. Il feuillette un livre usé, semblant absorbé, mais le sourire sur ses lèvres révèle qu'il est conscient de son environnement.

La curiosité piquée, Paul décide de s'approcher. « Quel livre lisez-vous ? » demande-t-il, brisant le silence.

L'écrivain lève les yeux, l'air à la fois surpris et ravi de l'interruption. « Ah, un vieux classique, Les Misérables. Un voyage à travers la souffrance humaine et l'espoir. Ça t'inspire, non ? » son accent résonne avec chaleur et sagesse.

Paul hoche la tête, un peu hésitant. « Oui, je suppose. Mais parfois, je me demande si ces histoires ne sont qu'un reflet de notre désespoir. »

L'écrivain sourit, un éclair d'intérêt dans son regard. « Ah, le désespoir et l'espoir, deux faces d'une même pièce. L'un ne peut exister sans l'autre. C'est là où réside l'art. »

Intrigué, Paul s'assoit sur le banc à côté de lui. « Voilà des mots lourds de sens. Vous êtes écrivain, j'imagine ? »

« Oui, en quelque sorte. J'ai passé ma vie à écrire et à essayer de comprendre cette condition humaine si complexe. » Il incline la tête avec un sourire complice. « Et toi ? Que cherches-tu dans l'écriture ? »

Paul prend un instant pour réfléchir, sentant la légèreté de ses mots s'évanouir. « Peut-être que j'essaie de donner un sens à ce que je vois, à ce que je ressens. Mais je me sens souvent perdu. Comment pourriez-vous savoir quel chemin choisir ? »

L'homme le regarde attentivement, ses yeux plein de compréhension. « Écrire, c'est une voie parsemée d'obstacles, mais elle peut aussi être illuminée par des découvertes. Souvent, ce que tu dois écrire vient de ton propre tourment. La vérité émerge dans ces douleurs. »

Paul soupire, perplexe. « C'est facile à dire. Mais comment s'assurer que ce qu'on écrit est authentique ? Que cela vaut le coup ? »

L'écrivain sourit de nouveau. « La question n'est pas de savoir si cela vaut le coup, mais de laisser ces mots couler de ton âme. Explore tes émotions. Qu'est-ce qui te pousse à écrire ? Est-ce la peur, la douleur, ou peut-être l'amour ? »

« Peut-être un mélange de tout ça, » admet Paul, une lumière se frayant un chemin à travers ses réflexions. « Mais parfois, cela me semble trop difficile. »

« C'est la vie elle-même, Paul. Les mots peuvent faire du bien, créer des ponts. Mais d'autres fois, ils peuvent faire mal. Écrire, c'est assumer ces deux dimensions. Accepter que la douleur peut aussi mener à quelque chose de beau. Ce n'est qu'ainsi que la vie trouve sa résonance. »

Il ressent un frisson à ses mots, une sorte d'espoir mêlé d'angoisse. « Mais comment savoir si ce qu'on écrit résonne chez les autres ? »

« C'est une autre histoire. Écrire, c'est établir une connexion. Parfois, il s'agit de montrer une vérité, même si cela fait mal. Les lecteurs s'y relient plus qu'on ne le pense. Mais avant tout, sois sincère. C'est cela, le plus important. »

Paul se sent tiraillé. « Mais c'est cette sincérité qui dévoile notre vulnérabilité, non ? À quel point doit-on être exposé ? »

L'écrivain réfléchit un instant, puis répond doucement. « Plus tu es exposé, plus tu es vrai. La vulnérabilité n'est pas une faiblesse, c'est un acte de courage. C'est en se découvrant qu'on finit par guérir. Au fond, ce qui nous unit, c'est notre humanité partagée. »

Les mots résonnent profondément, une mélodie presque hypnotique. Dans cette conversation, Paul commence à sentir une lueur d'espoir. Le vieil homme semble avoir compris quelque chose d'essentiel. Peut-être que ce qu'il a fui jusque-là est, par définition, ce qui le rapproche de sa propre essence.

« Je ne sais pas si je suis prêt à me dévoiler ainsi. J'ai lutté contre mes ombres pendant si longtemps … » dit-il, sa voix se perdant.

« Prends ton temps. N'oublie pas que chaque écrivain est un éternel apprenti. Chaque mot écrit est un pas de plus vers la vérité. C'est un chemin personnel, et chacun le parcourt à sa manière. »

Paul acquiesce, prenant des notes mentales. Chaque rencontre, chaque conseil qu'il reçoit, chaque trait d'union entre vérité et douleur semble s'apporter à sa recherche d'identité.

« Que faites-vous en ce moment ? » finit-il par demander. « Avez-vous un livre en préparation ? »

L'écrivain scrute l'horizon de son cœur, son regard empreint de nostalgie. « Je travaille sur un récit qui parle de solitude. C'est un mélange d'histoires d'âmes qui se croisent. Une exploration des rencontres inattendues et de la douleur qui en émerge. »

« Intéressant, » sourit Paul, fasciné par la profondeur du projet. « Mais que peut-on apprendre d'une telle solitude ? »

« Peut-être que vivre seul permet d'observer le monde dans toute sa brutalité et sa beauté, tisse des fils invisibles entre les êtres, » répond-il tranquillement. « Tout se recoupe d'une manière ou d'une autre. Ces histoires que tu vis, Paul, trouvent souvent leur place dans un larger contexte. »

Les pensées tournent dans l'esprit de Paul, allumant un feu intérieur. « Oui, je prends conscience que tout cela a en effet un sens. Il y a tant de récits à raconter, tant de vies à explorer. »

Il sent une nouvelle clarté s'installer en lui. Écrire ne se limite pas simplement à mettre les mots sur le papier. C'est une façon de saisir des vérités plus profondes, de prendre conscience de ses propres souffrances tout en essuyant celles des autres.

Soudain, l'attention de l'écrivain s'intensifie. « Tu as cette étincelle en toi, Paul. Ne laisse pas cette flamme s'éteindre, promets-le-moi. »

Le regard inspirant de l'homme fortifie la résolution de Paul. « Je vais essayer, » lui répond-il avec une nouvelle sincérité. « Peut-être que l'écriture peut devenir ma lumière dans l'obscurité. »

En guise de conclusion, l'écrivain lui sourit, chaleureux. « Rappelle-toi, chaque histoire est précieuse. Cherche à toucher les cœurs, à dévoiler la vérité. Ne te laisse pas piéger dans tes propres chaînes. La vie est trop belle pour ça. »

Les mots s'infiltrent en lui, s'imprimant comme des tatouages sur son âme. Alors que l'écrivain se lève pour partir, Paul sourit, conscient d'avoir rencontré un mentor dans la kwetsbare de Paris. Une rencontre qui change profondément, offrant un nouvel élan à sa propre réflexion.

Paul regarde l'écrivain s'éloigner, mais quelque chose l'empêche de le laisser partir si rapidement. Un besoin de comprendre, d'explorer des vérités plus profondes l'anime. « Attendez ! » l'appelle-t-il, levant la main pour attirer son attention.

L'écrivain se retourne, un sourire patient sur les lèvres. « Oui, Paul ? Tu veux dire quelque chose d'autre ? »

« Je… » commence Paul, hésitant. « Je voudrais vraiment comprendre. Comment avez-vous trouvé votre voix, ce chemin d'écriture ? J'ai encore tant de questions. »

L'écrivain sourit chaleureusement. « Ah, mon jeune ami, la voix. C'est une quête difficile, mais précieuse. Écoute, et je vais te raconter. »

Ils se dirigent de nouveau vers un banc, se calant à l'ombre des arbres, tout en prenant le temps de profiter de l'ambiance marocaine des lieux. Alors que l'écrivain prend la parole, son ton devient lourd de sagesse.

« Ma plume a commencé comme un cri dans le silence. En tant que jeune écrivain, je pensais que l'art de l'écriture était futilité. J'étais engagé dans un jeu de mots, cherchant à capturer la beauté telle que je la voyais. Mais au fil du temps, j'ai compris que la voix véritable émerge de la vulnérabilité. En exposant mes propres combats, la réalité l'emportait sur l'illusion. »

Paul écoute avec attention, ses mots résonnant en lui. « Mais la vulnérabilité, c'est effrayant. Comment affronter ses démons et les mettre sur papier sans craindre d'être jugé ? »

« Bien, » rétorque l'écrivain, posant une main paternelle sur son épaule. « Tu seras toujours jugé, peu importe ce que tu fais. Mais si tu écris pour toi, si tu défies la part de toi qui a peur, le jugement des autres s'estompera. C'est dans cette confrontation que tu trouves la force de créer. »

Les mots frappent Paul au cœur. Jamais il n'a pensé que son propre désespoir pouvait être un outil. « Alors, chaque émotion est-elle une inspiration ? » demande-t-il, sa curiosité s'intensifiant.

« Absolument ! » s'exclame l'écrivain, son regard brillant. « La douleur, la joie, la colère − tout cela constitue le matériau de ton récit. Chaque sentiment est un pas vers une compréhension plus profonde. N'hésite pas à sentir, Paul. Ébauche ces émotions sur papier. C'est ainsi que naissent les histoires authentiques. »

Écoutant avec ferveur, Paul se rend compte que tout cela résonne avec sa propre quête. De sa mélancolie, il pourrait trouver une force créatrice. « Mais comment accéder à cette authenticité dans ce monde où chaque voix semble noyée ? »

L'écrivain penche la tête, son ton se faisant plus sérieux. « L'authenticité réside dans l'expérience. Chaque rencontre te façonne, mais ne te laisse pas influencer par l'illusion des autres. Écris ce que tu observes, ce que tu ressens. L'humanité est un jardin d'émotions, et toi, tu es le jardinier. »

Paul sourit à cette image, se remémorant toutes les couleurs qu'il avait trouvées autour de lui. « Donc, l'écriture devient un acte de libération ? »

« Exactement ! » répond l'écrivain, affirmatif. « C'est en écrivant qu'on apprend à se connaître. Le mot sur le papier devient l'écho de ton âme. Ne néglige pas ce pouvoir. »

« Mais, au fond, la peur du jugement ne t'enlève-t-elle pas cette puissance ? » insiste Paul, s'interrogeant par rapport à sa propre sécurité.

« La peur est un maître terrible, mais un bon maître. Elle t'enseignera à naviguer à travers l'inconnu.

Chaque mot que tu écris est un pas vers cette peur. En l'affrontant, tu fais éclore une nouvelle liberté. »

Paul reste pensif, secouant légèrement la tête. « Vous parlez de liberté, mais qu'est-ce que cela signifie vraiment ? Peut-on vraiment être libre dans la société actuelle ? »

« La vraie liberté, Paul, ne vient pas d'une absence de chaînes ; elle naît d'une compréhension de soi. Lorsque tu acceptes qui tu es, au milieu de toutes ces luttes, la liberté est à portée de main. »

L'auteur fait une pause, observant l'agitation à l'extérieur. « Regarde cette ville, regardons son chaos : les rires, les pleurs, les cris – tout cela raconte une histoire partagée. Nous ne sommes jamais vraiment seuls dans nos combats. »

Un silence s'installe entre eux, et Paul réfléchit à la puissance de ces mots. « Peut-être que, avec chaque mot écrit, je peux transformer mes luttes en quelque chose de précieux. »

L'écrivain acquiesce lentement. « Oui, et peut-être que ce processus peut aussi aider ceux qui te lisent à trouver leur propre voix. Écris, et n'oublie pas que chaque histoire – même la plus sombre – a un éclat de lumière. »

Paul se tourne vers lui, touché par cette révélation. L'idée que son écriture pourrait devenir un processus de partage, un moyen de se reconnecter avec les autres, affleure une once de chaleur à l'intérieur de lui.

« Merci, » murmure-t-il, une sincérité inébranlable dans sa voix.

« Souviens-toi simplement : la beauté des mots réside dans leur sincérité. Sois vrai, sois vulnérable. Écris pour cela, et tu trouveras ta propre liberté dans le récit. »

Ils échangent un regard, un moment de compréhension, et alors que l'écrivain se lève pour partir, Paul réalise que cette rencontre a été un véritable tournant.

« Au fond, je m'inspire de cette vie humaine à travers tes mots, » déclare-t-il avant que le mentor ne parte.

Avec un sourire encourageant, l'écrivain répond : « Embrasse ta voix, Paul. Ne sous-estime jamais la puissance des mots. »

Alors qu'il regagne sa solitude, Paul reste là, sur le banc au bord du jardin des Tuileries. Il sait que des vérités puissantes se sont glissées dans son cœur. Peut-être qu'écrire n'est pas seulement un moyen de libérer ses douleurs, mais aussi de laisser une trace dans le monde, de se connecter à d'autres âmes.

« C'est décidé, » se murmure-t-il, prêt à faire face à son destin. « Il est temps que je commence à écrire non seulement pour moi, mais pour ceux qui en ont besoin. »

Et alors, avec le soleil se couchant doucement, il sent que le jour suivant marquera le début d'un nouveau chapitre. Une envolée vers une inspiration que seul le désir d'authenticité peut porter.

Chapitre 12 :

Ruminer le Passé

Il est tard dans la nuit, et la ville de Paris s'endort lentement, drapée de mystères et de promesses. Paul, assis à son bureau, se retrouve seul avec ses pensées, le noir s'étendant autour de lui comme un océan d'incertitudes. Les mots de l'écrivain résonnent encore en lui, mais alors qu'il commence à noter des idées sur sa feuille, une vague de souvenirs l'envahit.

Les images de son enfance surgissent, floues au début, mais devenant rapidement vives. La lumière du soleil traversant les fenêtres de sa chambre, les cris des enfants jouant dans la rue, et l'odeur du pain chaud qui s'échappe de la boulangerie au coin. Chaque détail lui rappelle une époque où la vie semblait plus simple, une époque où il n'avait pas encore pris conscience des lourdeurs du monde.

« Pourquoi ai-je perdu cette légèreté ? » se demande-t-il, un mélange de nostalgie et de regret se mêlant à son cœur. Il se souvient de la petite maison de la banlieue où il a grandi, des rires partagés lors des fêtes d'anniversaire. Son père, un homme plein de vie et de rituels, lui apprenait que chaque moment doit être savouré.

Un sourire amer lui échappe alors qu'il se remémore les histoires racontées au coin du feu, la chaleur de la famille, la présence rassurante de ceux qui l'entouraient. « Qu'est-ce qui peut bien se passer pour qu'on se sente si éloigné de tout cela ? » se questionne-t-il, scrutant le vide qui l'entoure à présent.

Les souvenirs de son enfance, bien que précieux, le hantent aussi. Les premiers échecs, les amitiés éphémères, l'innocence perdue. La douleur du rejet, de l'abandon, de ces moments où il s'est senti invisible vis-à-vis de ses camarades de classe. « Pourquoi suis-je devenu cet homme, enfermé dans ses doutes ? » se demande-t-il à nouveau.

Les pensées s'enchevêtrent, et Paul ferme les yeux, cherchant un peu de répit. Il revoit son premier amour, une adolescente avec des rires enjoués, toujours prête à le faire rire tout en lui donnant des papillons dans l'estomac. « Tu crois que tu pourrai écrire une belle histoire pour nous deux ? » lui avait-elle demandé un jour.

Le présent l'éprouve d'une manière si différente. « Combien de fois ai-je essayé d'en faire une belle histoire ? » murmure-t-il, agitant la tête dans un geste désespéré.

Il se souvient aussi de ces moments où ses parents l'emmenaient en vacances au bord de la mer. Le sable entre les orteils, leur amour inconditionnel, la promesse d'un avenir radieux. Mais le temps, ce voleur implacable, a tout emporté. Ses parents ne sont plus là, et il se retrouve seul, cherchant à comprendre pourquoi l'existence semblerait aussi chimérique, presque un conte embrumé.

« Chaque sourire d'enfant qui s'efface, » se dit-il, « chaque éclat de rire perdu dans les souvenirs, toutes ces vies fragiles… »

Un frisson le saisit, une mélancolie palpable. La voix de l'écrivain dans son esprit insiste, lui rappelant que l'écriture l'attend. C'est comme si chaque émotion contenue, chaque larme retenue, devenait son substantif. « Peut-être que le passé, bien que douloureux, a façonné l'écrivain que je suis aujourd'hui, » réalise-t-il.

Déterminé à confronter ces souvenirs, il saisit son carnet, sa main tremblant légèrement en prenant la plume. « Écris ce que tu sais, » se murmure-t-il, ses pensées devenant ses échos. Les souvenirs commencent à couler sur le papier.

« L'enfance est une danse lumineuse entre le rêve et la réalité. Mais cette danse ne dure qu'un temps, et elle se transforme en un bal de souvenirs effrités. Les enfants dansent dans l'insouciance, tandis que l'adulte qu'ils deviennent porte le poids du monde sur ses épaules. Je m'interroge : qu'est-ce qui me fait croire que je peux changer quelque chose, quand tout semble déjà scellé par le temps ? »

Il s'épanche à travers les mots, partageant ses réflexions sur la solitude, le sentiment d'abandon, et le besoin désespéré de se reconnecter à ces souvenirs joyeux qui l'ont façonné. Le rythme de l'écriture devient une catharsis, une libération de ces chaînes invisibles qui pèsent sur son cœur.

À mesure qu'il écrit, Paul se rend compte que cette introspection est essentielle. Chaque phrase devient un pas vers l'acceptation de son passé, une libération des souvenirs qui l'entravent. « L'amour, même perdu, nourrit une flamme en nous. Même sans leurs présences, l'essence de mes êtres chers vit à travers ma plume. »

Les heures s'égrènent alors qu'il se plonge dans son récit. La solitude n'est plus une ennemie, mais une complice. L'écriture devient son refuge, un terrain où il peut faire face à ses peurs et à ses regrets.

D'un coup, il comprend que, au-delà de la douleur, il existe un chemin à tracer vers l'espoir. « Mes expériences, mes amours, mes pertes… tous ces éléments façonnent la voix que je devrais révéler, » note-t-il.

La nuit s'étire autour de lui, mais en lui, une lueur d'espoir commence à se frayer un chemin. À chaque mot, il se rapproche un peu plus de cette vérité personnelle qu'il a fui. Peut-être que c'est dans l'acceptation de son passé qu'il pourra découvrir un nouveau présent.

Il referme son carnet avec une sérénité nouvelle, conscient que chaque once de douleur a trouvé une voix, un écho dans les pages. « Écrire, c'est comprendre. Écrire, c'est aussi vivre, » soupire-t-il, le regard fixé sur l'obscurité à l'extérieur.

Sentant un nouveau souffle en lui, il se lève pour se rendre dans la rue, prêt à explorer le monde avec ce regard décelant les beautés cachées dans l'immédiateté. Paul sait maintenant qu'il doit embrasser cette travée d'histoires qui l'accompagnent, découvrir encore plus d'humanité au sein de sa propre réalité.

Il est temps de partager cette lumière, d'écrire son existence. Et alors, dans cette quête incessante, il espère finalement trouver sa place dans cette mosaïque humaine, parmi les ombres et les feux, les éclats de rire et les soupirs de désespoir.

Ainsi, Paul part à l'aventure, un cœur plein de vérités naissantes, prêt à affronter le monde avec un souffle sincère à travers sa plume.

Alors que Paul marche dans les rues de Paris, une brise douce caresse son visage, mais cette douceur n'efface pas les questions qui tourbillonnent dans son esprit. Chaque pas sur le pavé semble résonner avec une mélodie intérieure, un chant de réflexions qui s'enchevêtrent, l'invitant à explorer des territoires encore inexplorés dans sa propre conscience.

« Qui suis-je vraiment ? » se demande-t-il, alors qu'il se fraye un chemin entre les passants affairés. « Qu'est-ce que cela signifie d'exister dans un monde aussi incertain, si rapide, si imprévisible ? »

Il se souvient des mots de l'écrivain, cette sagesse émanant avec tant de clarté : la véritable liberté réside dans la compréhension de soi. Mais comment peut-on vraiment se comprendre dans un monde qui semble changer chaque jour ? Les visages autour de lui sont marqués par la même inquiétude qu'il ressent, perdus dans leur propre quête d'authenticité.

« Chaque sourire que je croise me fait me demander ce qu'il cache derrière. Chaque éclat de rire, quelle histoire me rappelle-t-il ? » s'interroge-t-il, observant l'agitation des gens qui l'entourent. Une femme pressée passe à côté de lui, absorbée par son téléphone, et il se demande quel poids de désespoir elle traîne.

« Sont-ils également en quête de sens ? » pense-t-il, sa curiosité aiguisée. Peut-être que chaque individu se débattait avec ses démons, mais échappait aux vérités avec lesquelles il pouvait tantôt composer. « Pourquoi tant de gens choisissent-ils d'ignorer leur propre chaos ? »

Les souvenirs des vagues de la nuit précédente l'assaillent, les éclats de rire se mêlant à des cris de colère et de frustration. Cette incapacité à toucher les enfants que chacun d'eux porte cache un abîme de souffrance, et Paul est conscient que cette souffrance fait partie intégrante de l'humanité. « Mon existence est un fil, tissé entre l'amour et la douleur. Je me demande comment tisser des connexions lorsqu'on s'accroche à des illusions. »

Alors qu'il traverse le pont, il observe la Seine couler, comme une métaphore vivante de la vie, remplie de méandres et de tourments, mais toujours en mouvement. Ce flot hypnotique lui rappelle que, malgré les incertitudes de l'existence, il y a une forme de résilience ingrédiente.

« Peut-être que l'inconnu est le véritable moteur de la connaissance de soi, » songe-t-il. « L'acceptation de moi-même, de mes luttes et de mes contradictions, devient essentielle dans ce siècle qui se dérobe à moi. Chaque jour porte son lot d'incertitudes, mais c'est dans la manière dont je choisis d'y faire face que se trouve ma force. »

Il se remémore les visages qu'il a croisés ces derniers jours : le clochard, l'artiste de rue, la femme à la jupette lumineuse qui a osé le défier sur la danse, et même cet écrivain plus âgé, qui l'a encouragé à plonger dans l'écriture. Chaque interaction devient un miroir de lui-même, le poussant à grandir, à ressentir et à explorer.

« Je ne peux plus me contenter d'observer les autres vivre. Je veux écrire la réalité, mais en même temps, affronter la mienne, » se promet-il. Dans cette promesse se niche une lueur d'espoir, un appel à l'action, une aspiration à faire en sorte que sa voix compte.

L'incertitude du siècle actuel pèse lourdement sur l'esprit de Paul. La dégradation de la planète, les luttes sociopolitiques et cette étrange incapacité à établir une connexion authentique entre les humains qui se déploie autour de lui cristallisent ses pensées. « Dans un monde si complexe, faut-il toujours chercher la beauté et la vérité ? Peut-on espérer la trouver ? »

Alors qu'il atteint le bord du canal de la Seine, une nouvelle question s'impose : Peut-on réellement écrire sur l'amour quand tant de gens vivent dans la souffrance ? Sa plume, reliée à son cœur, semble vibrer à l'idée d'explorer cette dichotomie.

Il s'installe sur un banc au bord de l'eau, le bruit des flots à ses côtés comme un murmure apaisant. Sortant son carnet, il commence à écrire à nouveau. « L'amour, même flou et étique, représente un espoir, une lueur dans l'obscurité. L'énigme se joue dans cette danse entre plaisir et douleur. Comment capturer cette nuance dans mon récit ? »

Il écrit des réflexions sur la nature humaine, ce besoin inné de connexion, d'amour, et de compréhension, même lorsque la société tend à séparer et à fragmenter. « Peut-être que la vérité réside dans cette lutte partagée. Peut-être que l'écriture est mon moyen de communion avec les autres, une tentative de tisser un lien au milieu de ce chaos. »

Les heures passent, et alors qu'il finit sa phrase, il lève les yeux pour apercevoir les gens qui glissent à proximité. Chaque rictus, chaque larme, chaque pas, lui rappelle que cela fait partie du grand tableau. Les illusions se mêlent à la vérité, et c'est là, au creux de cette humanité, que lui-même peut avancer.

Dans cette exploration constante, il prend conscience que chaque interaction, même déroutante, peut servir à construire un récit. Cette quête est une promesse d'humanisation, un appel à la compréhension dans un monde qui semble, parfois, vivre dans des illusions de solitude.

« La solitude, » commence-t-il à écrire, « peut être un voyage dans le miroir de soi. C'est en acceptant notre douleur, mais aussi en célébrant notre joie, que nous trouvons un sens à notre existence. Oui, cela peut être douloureux, mais c'est là que la beauté s'illumine. »

Son cœur se soulève un peu plus, une sensation électrisante l'envahit alors qu'il se rend compte qu'il est enfin sur le chemin de sa vérité. Écrire sur ses luttes ne signifie pas les étouffer, mais plutôt les défendre, les transformer en quelque chose d'absolument précieux.

Peut-être que la mélancolie fait partie intégrante de cette lumière qu'il cherche. Et, avec chaque mot, il se sent plus proche de saisir la réalité complexe de son existence. Les interrogations persistent, mais il ne les considère plus comme des chaînes ; elles deviennent des clés ouvrant des portes vers de nouvelles histoires, de nouvelles aventures à découvrir.

Alors que la nuit se fait plus profonde, ses pensées s'apaisent. Paul sait qu'il a du chemin à parcourir, mais la direction est claire. Écrire n'est pas seulement une évasion, mais une promesse, un appel à l'espoir qu'il se doit de réaliser.

Les regards qu'il partage, même fugaces, deviennent des lanternes éclairant son propre chemin. Et dans cette quête, il a hâte de comprendre qu'il n'est plus seul dans ses réflexions. Il est, au contraire, relié à un monde de désirs, de luttes et d'histoires qui l'attendent. Peut-être que, dans la nuit de Paris, il trouvera enfin cette lumière qu'il cherche désespérément.

Chapitre 13

Les Amis Partent

Le soleil brille haut dans le ciel au-dessus de Paris, mais pour Paul, cette lumière semble un peu trop éclatante, presque cruelle. Au fond de lui, une mélancolie sourde l'accompagne. Thomas et Léa sont censés partir pour un voyage à l'étranger, une aventure qui résonne comme une douce mélodie. Pourtant, c'est un départ qui provoque en lui un silence assourdissant.

Ils se retrouvent tous les trois dans un petit café du quartier Montmartre, un lieu qu'ils affectionnent tous particulièrement pour son ambiance bohème. Les murs, tendus de souvenirs partagés, semblent témoigner de mille rires et de douces promesses. Mais aujourd'hui, quelque chose d'étrange flotte dans l'air. Paul peut le sentir.

« Alors, prêt pour l'aventure ? » Thomas lance, un sourire aux lèvres. Il est exubérant, excité par l'inconnu, ivre d'adrénaline.

« Oui, je suppose. Le monde nous attend ! » répond Léa, son enthousiasme débordant. Elle illumine la pièce de sa présence, l'énergie vibrant autour d'elle comme un halo. Paul les observe, ne pouvant s'empêcher de sentir une pincée de jalousie.

« Vous êtes tous les deux si… insouciants, » lâche-t-il, un brin sarcastique. « Qui sait ce qui vous attend là-bas ? »

« Oh, ne sois pas si négatif, Paul ! » s'exclame Thomas, balançant ses bras comme s'il pourchassait les ombres. « Chaque journey apporte ses propres découvertes. C'est cela, la beauté des voyages. Et tu devrais venir avec nous ! »

Paul secoue la tête. « Je ne suis pas prêt à fuir de mes propres réalités. Qu'est-ce que vous allez y trouver de nouveau, à part des paysages exotiques ? » La question, teintée de cynisme, le renvoie à ses propres réflexions.

Léa se tient en face de lui, les yeux brillants d'enthousiasme. « Ce ne sont pas juste les paysages, Paul. C'est la découverte de nouveaux horizons, de nouvelles cultures, des gens qui partagent des visions différentes. Tu devrais essayer de te laisser porter par l'aventure, au lieu de t'accrocher à ta mélancolie. »

« Facile à dire... » déclare-t-il, la voix teintée de frustration. « Vous partez, laissant tout cela derrière vous. Votre légèreté me semble égoïste. »

Leurs échanges prennent un tour désagréable, et il touche la réalité inconfortable de l'idée que les gens s'éloignent, quittent ce qu'ils connaissent pour embrasser l'inconnu. Qui sait ce que cela signifie de s'attacher réellement à quelqu'un quand l'inévitable séparation planifie son heure ?

« Ne prends pas ça comme ça, » insiste Thomas, tentant de rassurer son ami. « On a tous besoin de voir du monde, même si ça veut dire s'éloigner un peu. Promets que tu ne vas pas rester là, refermé sur toi-même. »

Léa acquiesce, son attention rivée sur Paul, attentivement. « Chéris cette solitude, Paul. Elle peut aussi être une source d'inspiration. Cite-la comme un personnage dans tes histoires ! »

À cette affirmation, il ressent un pincement au cœur. « Vous êtes peut-être déjà partis, et moi, je reste coincé dans ce désert d'émotions. »

Alors que la conversation se déroule, Paul ne peut s'empêcher de se sentir de plus en plus isolé. Ils parlent de leurs projets, des pays qu'ils souhaitent visiter, des personnes qu'ils vont rencontrer, des nouvelles expériences qui les attendent. Leurs visages s'illuminent d'excitation et d'anticipation.

Sous son inquiétude, la réalité de leur départ s'installe. Il n'accepte pas facilement le sentiment naissant qu'il se retrouve à la croisée des chemins. « Est-ce que notre amitié est si fragile que ça ? » se demande-t-il.

« Tu sais, Paul, on reviendra, » assure Léa, posant une main sur celle de Paul. « Mais en même temps, je pense que ce voyage nous transformera. Et nous, nous allons continuer à grandir. Ça ne signifie pas qu'on s'éloigne tout à fait. »

« Peut-être que je devrais écrire sur cela, sur ce départ, » lâche-t-il, reprenant peu à peu une contenance. « Sur comment une relation peut évoluer même à distance. »

« C'est exactement ça ! » s'exclame Thomas, le sourire aux lèvres. « Écris sur nos bonds, nos dérives entre nous ! Et qui sait ? Peut-être que ça te donnera le fait de voir l'avenir différemment, même en notre absence. »

Les mots le touchent, d'une façon inattendue. Dans cet échange, il commence à réaliser qu'il ne doit pas craindre la séparation pour la croissance de leurs relations. Les promesses de renouveau peuvent être plus puissantes qu'il ne l'avait pensé.

Alors que le temps passe et que le moment du départ approche, Paul se sent frapper par cette aura de tristesse. Léa, appréciant la douceur du moment, lance alors avec humour : « Tu sais, cela va être un grand changement, mais avec un bon carnet, tu iras loin ! »

Thomas rit, levé du banc. « Oui, et qui sait ? Tu pourrais nous rejoindre dans un coin du monde. Une histoire à raconter ! »

Alors qu'ils s'apprêtent à quitter le café, Paul s'apaise et réalise une certitude, languissante mais stimulante. Les souvenirs qu'ils créent ensemble en ce moment ne sont pas perdus, même à travers la distance. Il sent que leur amitié, ce fil fragile, ne disparaîtra pas, peu importe où ils se dirigent.

« Faites attention à vous deux, et prenez soin de vous ! » les appelle-t-il alors qu'ils se dirigent vers la sortie. Leurs silhouettes se fondent dans la rue, et à l'embrasure de la porte, il les voit se retourner un instant. Léa lui fait un dernier sourire, plein de promesses silencieuses.

« On reste ensemble, même à distance ! » crie-t-elle. Paul hoche la tête, un frisson d'espoir l'envahissant. Peut-être qu'il peut apprivoiser cette solitude qu'il a longtemps craint, en embrassant ce qui vient.

Alors que l'écho de leurs voix s'évanouit, il s'en retourne, un poids soulagé dans son cœur. La solitude n'est pas seulement un vide ; c'est aussi un terrain fertile pour une destinée nouvelle. Peut-être que cette distance forcée l'appellera à redécouvrir son art, à plonger dans ses pensées les plus profondes.

Paul réalise soudain que, bien qu'ils soient physiquement éloignés, les leçons qu'ils ont unies forment un fil invisible, chaque rencontre ajoutant un peu de couleur à son tableau de vie.

Il reprend la direction vers son appartement, la tête pleine de réflexions. Écrire devient alors une nécessité, une façon de tisser des rêves tout en ancrant ses pensées dans cette réalité en perpétuel changement.

La vulnérabilité qu'il ressent face à la perte deviendra peut-être sa plus grande force.

Et avec cette certitude en tête, il décide que ce chapitre de sa vie ne doit pas être un adieu, mais une nouvelle aventure à vivre sans crainte.

Chapitre 14

La Nouvelle Aube

La nuit est tombée sur Paris, enveloppant la ville d'une obscurité familière. Paul se trouve dans son appartement, seul, à la lumière vacillante d'une lampe. Les ombres dansent sur les murs, projetant des silhouettes de souvenirs qui hantent son esprit. Bien que les pensées sombres continuent de le rattraper, il sent pourtant qu'une lueur d'espoir commence à poindre, comme celle d'un jour naissant.

Assis à son bureau, il fixe le carnet qui lui sert de refuge. Les mots, si souvent évitants, lui semblent ce soir emprunts d'une promesse nouvelle. Qu'est-ce qui a changé en lui ? Qu'est-ce qui le pousse à croire en un nouveau départ ? La douleur, peut-être, a enfin trouvé une voix, prête à s'exprimer.

Il se remémore les derniers jours. Le départ de Thomas et Léa, son cheminement au bord de la Seine, les rencontres improbables, et les vérités partagées avec l'écrivain. Chaque interaction a tissé un fil invisible dans son esprit, apportant une clarté qu'il n'avait pas perçue auparavant.

« Écrire pour se libérer… » murmure-t-il à lui-même, un léger sourire contemplatif aux lèvres. L'idée se renforce dans son esprit, et il réalise que, plus que jamais, il doit se plonger dans cette aventure d'écriture. C'est à travers les mots qu'il sera en mesure d'énoncer ses espoirs, ses craintes, et le besoin de se reconstruire.

Il commence à griffonner avec une vigueur renouvelée, chaque lettre un acte de résistance contre la mélancolie qui le rongeait. « La vie est faite de cycles, » écrit-il avec hâte. « Des pertes, des rencontres, des renoncements, mais chaque aurore porte ses promesses. Peut-être qu'il est temps de laisser s'évanouir ces ombres pour accueillir la lumière. »

Alors qu'il pose les mots sur la page, il se rend compte que cette écriture devient cathartique, un exutoire de tout ce qu'il a réprimé jusqu'ici. Il parle de ses peurs, de ses frustrations, mais aussi de cette flamme d'espoir qui commence doucement à lui murmurer qu'il n'est pas condamné à vivre dans les ténèbres.

« Je me souviens de ma jeunesse, lorsque chaque jour était un nouveau cadeau. L'émerveillement, l'insouciance, le sentiment d'être le maître de son destin… » Il se lève, Marchant jusqu'à la fenêtre, le regard fixé sur les toits de Paris enveloppés par la nuit. À la lueur de quelques réverbères, la ville scintille comme un océan de défis et de promesses.

Il sent un frisson d'adrénaline. Ce qu'il a observé avec cynisme, au fond, est un tissu d'espoirs et de désirs qui continuent d'alimenter ses rêves. « Chaque étoile, chaque lueur est une histoire, une opportunité de se rapprocher de soi-même… » se murmure-t-il.

Un bruit soudain à l'extérieur attire son attention. Paul se tourne vers la rue, où il aperçoit des gens se rassemblant, un groupe de musiciens faisant vibrer leurs notes à travers le silence nocturne. La musique s'élève, emplissant l'espace d'une mélodie douce qui résonne dans son cœur. Il se sent à la fois appelé et apaisé.

« Voilà ! » pense-t-il. « Voilà la vérité de cette ville ! Les gens se rassemblent, partageant des instants de joie au milieu du chaos. » Il admire les expressions des visages autour, ces moments d'échange, de bonheur fugace, une humanité qui refuse de sombrer dans l'oubli.

« Peut-être que c'est cela, la beauté de la vie — l'art de se rassembler, de s'unir autour d'une passion. Et si j'écrivais là-dessus ? » se dit-il, l'inspiration grandissant en lui comme une tempête d'émotions. « Chaque note porte en elle des histoires oubliées, et à travers la musique, on peut tous nous reconnecter. »

Il retourne à son carnet, sa plume glissant avec rapidité sur la page. Il décrit les visages, la mélodie, la scène vibrante dans laquelle il se trouve plongé. Les mots prennent forme, tissant un récit poignant qui célèbre non seulement la vérité qu'il a découverte, mais aussi la capacité qu'ont les humains à trouver de la lumière même dans l'obscurité.

Au fur et à mesure que la nuit se prolonger, les mélodies deviennent le fil conducteur de son écriture. Il explore comment la musique peut transporter les âmes, faire vibrer les cœurs, et offrir une évasion bienvenue aux désirs enfouis. Dans ce processus, il commence à percevoir ses propres luttes à la lumière d'une nouvelle compréhension.

« L'écriture n'est pas seulement un acte de création, mais une façon de se reconnecter à la vie, » note-t-il, conscient que chaque mot partagé est une pierre jetée dans le vaste océan de ses émotions. Peut-être qu'en dévoilant ses propres luttes, il pourra aider d'autres à se retrouver eux aussi.

En se donnant la permission d'écrire avec sincérité, il sent une clarté se former, une sensation d'évolution. Un besoin de renouveau l'envahit, la ferme conviction qu'il est sur le point de faire un saut vers l'inconnu, mais cette fois avec l'espoir de transformer ses sombres pensées en quelque chose de lumineux.

Les heures passent, et le calme de la chambre se mêle aux sons de la rue. Soudain, une pensée l'illumine : Paul comprend qu'il est temps de partager ces mots avec Clara et les autres. Les histoires qu'ils vivent, les vérités qu'ils traversent, sont là, prêtes à être dévoilées. Peut-être que cette écriture pourrait également leur offrir un peu de réconfort.

« Ce parcours partagé, cette humanité si riche que nous tissons ensemble. Telle est la lumière dans la nuit, » écrit-il avec une conviction renouvelée.

Quand le premier rayon de lumière apparaît, il le ressent comme un symbole de renaissance. La nuit a été longue, mais elle a aussi été pleine de révélations. Paul se sent prêt à affronter ce monde avec une plume à la main, déterminé à tirer parti de ses luttes et de son histoire pour écrire son propre récit.

Alors qu'il ferme son carnet, il sait à cet instant qu'il est prêt à affronter ce qui l'attend. L'aube est là, et avec elle, la promesse d'un nouveau départ. Il lève le regard vers Paris, prêt à entrer dans cette nouvelle journée, qui s'annonce pleine de lumières.

Chapitre 15

Exploration Spirituelle

Le jour se lève doucement sur Paris, et une lumière dorée passe à travers les volets de Paul, répandant une chaleur apaisante dans son appartement. Il se sent étrangement léger, comme si le poids des dernières semaines commençait à se dissiper. Les événements récents, ses réflexions sur la souffrance et la beauté de l'existence, l'ont poussé à réaliser qu'il est temps de dire adieu à son cynisme et d'explorer un autre aspect de sa lutte interne.

Ce matin, il décide de se lancer dans la méditation. L'idée lui avait été suggérée par Clara, et après avoir tourné l'idée dans sa tête plusieurs fois, il sent qu'il est prêt à l'essayer. Assis sur le sol en bois de son salon, il ferme les yeux et respire profondément. « Il est temps de faire taire le tumulte intérieur, » se murmure-t-il.

Il se concentre sur sa respiration, essayant de chasser les pensées qui affluent en cascade. Mais le flot d'idées continue de le submerger : ses inquiétudes pour l'avenir, la peur d'échouer, les choix à faire, et la quête de sens dans un monde déserté de valeurs.

« Reste ici, dans l'instant, » se dit-il, cherchant à apaiser son esprit. Il dirige son attention vers chaque inspiration, chaque expiration. Une lumière tamisée s'installe sous ses paupières closes ; le bruit de la ville au-dehors se dilue lentement.

Au fur et à mesure qu'il inhale et expire, il commence à se rendre compte de ce sentiment de liberté qui émerge, une sensation de légèreté enveloppante. « Chaque souffle est une promesse de renouveau, » note-t-il dans ses pensées, conscient que ce moment de calme pourrait lui offrir des réponses aux questions existentielles qui l'assaillent.

Les minutes s'étirent, et peu à peu, il plonge plus profondément dans cet état méditatif. Les pensées, d'abord tumultueuses, commencent à se limiter. Il s'imagine au bord d'un lac tranquille, regardant la surface de l'eau, un miroir reflétant ses doutes et ses aspirations. Où vais-je ? se demande-t-il. Que signifie vraiment vivre ?

Alors que ces questions s'infiltrent, il se souvient des échances de l'écrivain, du passage entre la lumière et l'obscurité, et de cette belle dualité qui consomme ceux qu'il interprète. « La beauté réside dans la douleur, l'art émerge de la réalité... » Il se concentre intensément, laissant ces pensées agir comme des vagues sur le rivage de sa conscience.

Un sentiment d'éveil prend place, et il ressent ce besoin de découvrir, d'explorer la philosophie sous-jacente de sa propre existence. Les mots des autres, ses pensées, tout cela forme une trame construite autour de la vie, du lien entre les émotions et les expériences.

Paul commence à se demander s'il ne devrait pas lire plus sur la philosophie, explorer ces voix qui ont façonné des siècles de pensée. Des philosophes comme Sartre ou Camus ont exploré cette absurdité de l'existence, mais que dire de leurs mots face à cette réalité ? se questionne-t-il, intrigué par l'héritage de la pensée.

Au moment où il émerge de cette méditation, un élan de clarté se dessine. Peut-être qu'il faut lui donner une forme non seulement d'un journal intime, mais aussi d'une œuvre qui relie les autres sentimentaux et philosophiques.

Il se lève, son carnet à la main, se dirigeant vers une librairie, désireux d'explorer ses pensées. La rue est vivante de couleurs, chaque visage qui croise le sien lui rappelle que chacun bataille de son propre côté. Les pensées d'amour et de désespoir se mêlent encore, mais cette fois, il les voit comme un tout.

En entrant dans la librairie, il se perd entre les rayonnages. « Qu'est-ce que je cherche vraiment ? » murmure-t-il en feuilletant les couvertures. Peut-être remplir son esprit d'idées, de réflexions, d'énigmes anciennes. Sa quête commence à se concrétiser.

Il finit par choisir des ouvrages sur la philosophie existentielle, des essais sur des auteurs comme Camus, Nietzsche et Heidegger. Alors qu'il les feuillette, il plonge dans leur exploration des concepts de liberté, de responsabilité, et du sens de la vie. « Comment vivre dans l'absurde, comment trouver sa propre vérité ? » se dit-il, exalté par cette découverte.

Sortant de la librairie, un léger sourire sur les lèvres, il est maintenant rempli de nouvelles questions et d'une curiosité irrépressible. Chaque livre devient une porte d'entrée sur des chemins inexplorés, une manière de comprendre le monde qui l'entoure ainsi que sa propre existence.

Assis sur un banc dans le jardin des Tuileries, il déplie un des livres, ses yeux glissant sur les pages, indifférent au brouhaha environnant qui rime avec les éclats de rires. Le soleil se lève, enveloppant tout d'une lumière dorée qui renforce cette sensation d'éveil.

« Au fond, l'existence est marquée par la recherche de sens, » écrit-il dans son carnet. « Il ne s'agit pas seulement de vivre, mais de trouver son équilibre dans cette lutte perpétuelle pour saisir chaque moment. »

Dans la quiétude de l'après-midi, Paul se laisse porter par les mots. Les réflexions sur la mortalité, l'espoir, l'amour, et la solitude se mêlent dans un doux ballet. Écrire devient une exploration spirituelle, un moyen de relier des ponts au sein de cette grande toile d'émotions humaines.

Alors que le soleil commence à décliner à l'horizon, les ombres commencent à s'allonger. Les rires d'enfants, des couples se promenant main dans la main, et des amis qui partagent des verres – tout cela attise en lui un sentiment de connexion. Paul se rend soudain compte que dans cette lutte pour trouver sa propre voix, il ne doit pas fuir sa solitude, mais l'embrasser, la façonner.

« Il y a une beauté dans tout cela, » jette-t-il en riant, inspirant à pleins poumons. Le désespoir ne sera pas une fin, mais un moyen d'entrée dans sa réalité, vers un renouveau, une renaissance.

Le soir approche, et alors qu'il clignote autour de lui, Paul lève les yeux vers le ciel. Chaque étoile scintillante semble évoquer une histoire d'humanité partagée, et il se promet de continuer à chercher la vérité derrière chaque illusion.

S'éveiller, c'est aussi reconnaître ses ombres. Paul se sent prêt, engagé dans son chemin d'écriture, à découvrir le monde sous un angle neuf, à dévoiler des vérités à travers ses mots. Peut-être que la quête de soi est le plus grand défi de tous. Et en écrivant, il se trouvera.

Assis sur ce banc, Paul trouve un certain réconfort dans le livre qui s'ouvre devant lui. Les pages, jaunies par le temps, sont pleines de pensées qui résonnent avec les échos de son propre cœur. Il s'immerge dans les réflexions de philosophes sur l'absurde, la vie et l'amour, cherchant des réponses dans ce savoir qui semble transcender le temps.

« La vie est une absurdité, » lit-il à voix haute, la voix des sages l'entourant comme un souffle de sagesse. « L'homme est condamné à être libre, mais cette liberté porte avec elle la responsabilité de choisir. »

Chaque phrase l'interpelle, lui rappelant que la connaissance n'est pas simplement une accumulation d'informations, mais un processus de création intérieure. "Choisir..." lui semble être un mot clé. En fin de compte, il doit décider du chemin sur lequel il veut avancer, et il est temps de prendre cette responsabilité.

Les souvenirs de son enfance le hantent encore, mais il commence à voir les événements passés sous un nouvel angle. « Les choix que nous faisons, » écrit-il dans son carnet, « sont souvent le reflet de notre compréhension du monde. Chaque douleur, chaque joie m'a façonné. Peut-être que c'est en confrontant ces souvenirs que je peux réellement me libérer. »

Il ferme les yeux un instant, s'attardant sur les visages de ses parents, les souvenirs de leur amour inconditionnel, mais aussi de leurs luttes. L'amour est une danse entre opposés, un jeu d'ombres et de lumières. N'est-ce pas ce qu'il désire attirer dans sa propre vie ? Cette capacité à embrasser à la fois la joie et la douleur ?

Le gardien de son cœur, le poids de la solitude, tout cela ne doit pas le confiner dans une bulle de désespoir, mais plutôt l'inviter à croître. Il se remet à écrire, les mots surgissant comme des vagues :

« La réalité peut être troublante, mais elle doit être acceptée pour être véritable. Accepter la douleur de son espoir, les vérités qu'on refuse de voir. Ce sont elles qui nourrissent l'art et nous rapprochent des autres. »

Paul se rend compte qu'il a besoin de transformer ses pensées en quelque chose de tangible. Les obstacles du passé deviennent alors des tremplins qu'il doit embrasser pour avancer. Sa solitude, si difficile à accepter, devient une complice. Pour explorer son monde, son existence, il doit se plonger en lui, se confronter, et enfin accepter la beauté du chaos.

La société actuelle, avec toutes ses incertitudes, crée une toile d'angoisse, et c'est là que réside la beauté de se nourrir de cette lutte. Paul repense à ces artistes de rue et à leurs cris de défi face à la vie. « N'ont-ils pas raison de s'exprimer, même au risque du ridicule ? » se demande-t-il. La libération d'exprimer ses pensées devient clé.

La lumière orange du soleil couchant passe entre les arbres, projetant des ombres dansantes sur son visage. Il se lève et commence à marcher lentement vers le chemin du canal, chaque pas lui rappelant qu'il est en réalité en mouvement. Une nouvelle résolution se glisse dans son esprit : il doit plonger dans l'écriture, non pas seulement pour lui, mais pour tous ceux qui partagent des émotions similaires.

« Il y a tant de vérités à explorer et à exprimer, » songe-t-il en entrant dans la rue, laissant la lumière diaphane de son écriture l'accompagner.

Alors qu'il avance, il croise des groupes de passants, avec leurs rires et leurs conversations. Chaque visage est une histoire en soi, chaque sourire une promesse, une fragilité à capturer. Peut-être que la vraie beauté de la vie réside dans cette complexité, ces ombres qui se mêlent à la lumière.

Paul arrive au canal, où l'eau réfléchit les derniers rayons du soleil. Les gens s'y rassemblent, profitant des instants en famille ou entre amis, rendant cet espace vivant. Il s'assoit sur un banc, sa plume prête à vibrer sur le papier.

Il commence à écrire, ses pensées se diffusant comme l'eau qui coule, écho d'un ressenti émanant de cet endroit partagé. Il note les regards échangés, la douceur des moments, la beauté des petites choses. Chaque instance devient une page de recul et son cœur se libère lentement des chaînes qui l'entravaient.

« Chaque instant partagé est une opportunité de créer des liens, de considérer ce qui nous touche et nourrit. On ne doit jamais perdre cette capacité, » écrit-il, conscient que sa voix s'affine à mesure qu'il chuchote ces sentiments.

Il réalise alors que sa quête de sens ne se limite pas simplement à lui-même. C'est aussi une célébration de la vie. Peu importe comment les choses se transforment autour de lui, il peut toujours donner du sens à ses propres expériences.

Écrivant sous la lumière du coucher de soleil, Paul sent que les paroles deviennent ses compagnons de voyage, transformant la solitude en une exploration vivante. Dans cette réalité de mots, il sait qu'il n'est pas seul. Ils sont tous connectés par leur humanité partagée, par cette quête universelle.

Alors que le dernier rayon de lumière disparaît à l'horizon, une nouvelle certitude grandit en lui. Peut-être qu'un jour, à travers ses mots, il pourra toucher les âmes d'autres personnes, leur offrir une lueur d'espoir dans leurs propres luttes. « Chaque histoire commence par une étincelle, » écrit-il encore.

« Je suis prêt à alimenter cette flamme, à me plonger dans cette exploration de la condition humaine. »

Et à ce moment, Paul comprend que chaque mot écrit le rapproche un peu plus de lui-même. La nuit peut envelopper Paris, mais il est maintenant serein, armé de son carnet et de cette exploration spirituelle. Il est enfin prêt à embrasser son voyage, une aventure qu'il n'a jamais vraiment imaginée.

Chapitre 16

Un Amour Inattendu

La nuit est tombée sur Paris, parée d'un velours étoilé. Les rues vibrent au rythme de la musique qui flotte dans l'air frais, chaque coin de rue semblant résonner d'histoires anciennes et de promesses à venir. Paul, après avoir passé la journée à écrire et à explorer ses pensées, se retrouve sur une terrasse animée, assis avec un verre de vin à la main.

Le brouhaha lui plaît, il l'entoure comme un cocon. Ce monde où des rires se mêlent à des éclats de voix, le fait sentir moins seul. Alors qu'il observe les visages passants, il ne peut s'empêcher de songer à la beauté du chaos humain. Chaque sourire semble tissé d'histoires, chaque regard, une promesse de réconfort.

Soudain, une silhouette attire son attention. Une jeune femme, à l'allure élégante, entre dans le café, ses cheveux brillants se déversant sur ses épaules. Son allure dégage une aura captivante, telle une étoile scintillante perdue dans la pénombre de la nuit.

Paul se surprend à la suivre des yeux, allant au-delà de sa présence charmante. Elle dégage une énergie si vive qu'il ne peut s'empêcher de ressentir un frisson. « La beauté est souvent une rencontre inattendue, » se murmure-t-il.

Alors qu'elle s'assoit à une table proche, il cherche à capter son regard. Après un moment d'hésitation, elle finit par croiser le sien. De là où il est, il ressent une étincelle, quelque chose de nouveau qui éveille en lui un élan d'intérêt.

Elle lui sourit, une invitation muette, et son cœur se met à battre un peu plus vite. Paul se dit qu'il n'a peut-être pas encore épuisé ces promesses de vie. Ses pensées s'illuminent à l'idée d'une connexion. « Qu'est-ce qui me retient, vraiment ? » Il se lève, décidé à engager la conversation.

« Salut, je suis Paul, » lui dit-il, s'approchant de sa table avec une assurance précaire.
« Je t'ai vue entrer, et je n'ai pas pu m'empêcher d'admirer ton élégance. »

Elle éclat de rire, un son léger et musical, et cela le réchauffe, même sous la résonance des rires environnants. « Charmant, Paul. Je suis Élodie. Merci pour le compliment, même si je doute que je sois aussi fascinante que tu le penses. »

« Je suis sûr que tu es bien plus intéressante que tu ne le laisses paraître, » répond-il, se surprenant lui-même par sa tentative de flirter. Son rythme cardiaque s'accélère, et cette ambiance nocturne renforce son audace.

Elle l'observe un instant, une lueur de curiosité dans ses yeux. « Tu sembles pensive. Qu'est-ce qui te tracasse ? »

Paul hésite, pesant ses mots. « Ai-je vraiment le choix de me laisser emporter par mes doutes ? La vie est un tourbillon d'illusions et de désespoirs, alors écrire me sert d'échappatoire, je suppose. Mais cela reste souvent ancré dans ma solitude. »

Élodie acquiesce, un sourire complice sur les lèvres. « Oui, je comprends. En tant qu'artiste, je me bats souvent avec ces pensées. Créer devient alors un moyen de rester connecté, de ne pas se laisser engloutir. »

Cela l'intrigue d'autant plus. « Qu'est-ce qui t'inspire pour créer alors ? La recherche de sens, la contrepartie à cette solitude ? »

« Exactement, » sourit-elle. « L'art, pour moi, devient une catharsis. Chaque coup de pinceau représente une émotion que je veux libérer. Parfois, je m'égare dans les sombres réflexions, mais au fond, mon œuvre est une quête de beauté à travers le désespoir. »

Paul ressent une résonance frappante dans ses paroles. L'idée que son art puisse devenir un remède au désespoir lui semble familière, et il comprend qu'elle vit cette lutte, tout comme lui. « Peut-être que nous sommes plus connectés que ce que je pensais, » lâche-t-il.

Élodie l'observe attentivement, une étincelle d'intérêt embuant ses yeux. « Ce n'est pas tous les jours qu'on croise une âme perdue dans une mer de doutes. Ça peut faire mal, mais c'est aussi terriblement humain. »

Il se sent touché par son éclat de sincérité. « Et toi, comment traverses-tu ce labyrinthe d'émotions ? »

Elle réfléchit un instant, puis répond avec une intensité authentique. « J'essaye d'accepter mes luttes, de m'immerger dans ces ombres pour en faire ressortir des couleurs. Parfois, je me demande si la débâcle de mes pensées pourrait aussi me rapprocher d'une vérité plus profonde. »

Leurs échanges deviennent un flot de réflexions et d'existences mêlées. Paul réalise que cette salvatrice conversation soulève des poids qu'il n'a pas encore abordés. « En parlant de luttes, j'ai perdu beaucoup de choses récemment, des gens, des relations, un sens à cette vie… » avoue-t-il, la vulnérabilité s'infiltrant sans qu'il ne puisse la retenir.

« Perdre fait autant partie du chemin que gagner. Peut-on vraiment apprécier un beau jour sans avoir connu l'orage ? » Elle le fixe, ses mots le touchant. Et d'une façon qu'il n'aurait jamais envisagée, Paul se laisse happer par cette lucidité partagée.

« Et que faire quand ces tempêtes semblent ne jamais s'arrêter ? » questionne-t-il, une boule se formant dans sa gorge.

« L'accepter, je suppose, » répond-elle doucement. « Accueillir l'inconnu, c'est une forme de courage. Peut-être qu'il faut apprendre à vivre avec ces incertitudes. Te reconnecter avec ce sens perdu en te permettant de sentir, c'est ça la clé. »

Paul se laisse bercer par ses paroles. « Dans ce cas, je devrais écrire sur mes luttes et mes histoires d'amour. »

« Oui, surtout sur les histoires d'amour. Chaque défaite doit être suivie d'une belle renaissance. Prends-le comme une aventure ! » s'enthousiasme-t-elle, animée par son propre élan.

L'idée d'une renaissance enveloppe la pièce d'espoir. Il sent en lui un éclair de motivation se reformer, une lueur d'inspiration à explorer.

Il est soudainement conscient de tout ce qu'il a déjà surmonté. Chaque perte, chaque rupture de lien devient une possibilité de renaissance. « Peut-être que je dois me laisser aller à écrire, sans crainte de jugement, » pense-t-il, la tête pleine de promesses.

Au fond, cette soirée remplit d'espoir malgré la gravité de ses luttes. Ruptures et renaissances se côtoient, transformant ses doutes en force, rendant sa quête palpable.

« Que l'écriture devienne une catharsis, un refuge où je trouverai mes mots, mes émotions, ma lumière, même au cœur des ombres. » Il se promet de s'investir dans ce projet d'écriture, de portée et de renouveau.

Au fur et à mesure que la nuit s'achève, il réalise que tout cela n'est qu'un début. Peut-être qu'ensemble, avec Élodie, ils entreront dans un nouveau chapitre de leur existence. La discussion, cette connexion inattendue, apporte une étincelle. Il ne se sent plus seul.

À cet instant, la peur de l'inconnu s'estompe, et il se reconnaît prêt à embrasser l'amour. L'inconnu n'est plus souhaité, il attend un cri de créativité, et il entame une nouvelle aventure plus foncièrement humaine et véritable.

Alors que le premier rayon de soleil se lève, Paul prend une profonde respiration, laissant l'air frais emplir ses poumons. La ville, son récit, son reflet, l'exploration de soi se mêleront, et tous ses rêves peuvent à présent s'épanouir.

Assis sur ce banc au bord du canal, Paul ressent les premières lueurs du jour embrasser son visage. Les ombres de la nuit reculent, et il se concentre sur la douce mélodie d'Élodie, encore vivante dans sa mémoire. Ce qu'il a partagé avec elle hier résonne profondément, repoussant ses doutes.

« L'amour… » commence-t-il à se murmurer, tournant le mot dans sa tête comme une pièce de monnaie. « Qu'est-ce que cela signifie vraiment dans ce monde incertain ? »

Un flot de questions s'enchaîne, émergeant sans relâche. Ses réflexions sur la nature de l'amour le perturbent, oscillant entre espoir et désespoir. Il se souvient de l'étreinte entre Léa et Thomas, mais il réalise que ce qu'il ressent pour Élodie est différent. C'est une évasion, une potentielle renaissance de sentiments refoulés.

« L'amour ne devrait-il pas être un refuge, une lumière dans les ténèbres ? » rumine-t-il, frustré par les complications de ses émotions. « Mais pourquoi chaque promesse semble-t-elle vouée à se briser ? »

Alors qu'il examine son passé, il se rappelle tous les échecs, les rendez-vous manqués, les déceptions qui l'ont laissé incertain. « Amour et souffrance, » se dit-il,

« l'un ne peut être séparé de l'autre. C'est un échange perpétuel. »

Il se souvient des histoires racontées par ses amis, des relations qui ont débuté dans la joie et se sont conclues dans l'amertume. Le cycle des émotions humaines s'étend devant lui tel un paysage d'ombres et de lumières. Il se rend compte que l'amour est ce désir de créer des ponts, de relier des êtres à travers l'aventure du quotidien, mais aussi une danse délicate entre vulnérabilité et maladresse.

Soudain, une voix douce le ramène à la réalité. « Paul, es-tu encore avec nous ? » Élodie se tient sous un rayon de soleil, son regard brillant d'une vivacité presque palpable.

« Oui, désolé, je pense à tout ce qui m'entoure, » lui répond-il, souriant à nouveau. « À quel point la légèreté des relations est fascinante, mais troublante aussi. »

Elle s'assoit à côté de lui, attentive. « C'est la beauté du monde. Mais tous ces liens sont délicats, en effet. Parfois, il faut accepter de vivre avec la peur de perdre, sinon on ne vit pas vraiment. »

Un silence se crée alors qu'ils échangent des regards. Paul met en évidence que ce qu'elle dit est vrai. « Peut-être que c'est dû à la façon dont notre culture aborde les relations. On apprend à masquer nos désirs, nos douleurs, de peur de nous retrouver trop exposés, » dit-il doucement.

« C'est cette vulnérabilité qui nous rend humains, Paul. Si on n'ose pas se dévoiler, on perd cette connexion avec les autres. L'amour devient une illusion, un concept abstrait au lieu d'être un lien authentique. » Elle parle avec passion, et sa sincérité le touche profondément.

Les mots tournent dans sa tête alors qu'il réalise que cette exploration du lien humain depuis ses propres fractures pourrait lui permettre de toucher une vérité partagée. « Je me suis toujours senti enfermé dans mon cynisme, me protégeant derrière des murs, » avoue-t-il, ses yeux croisant ceux d'Élodie.

« Oui, et c'est le paradoxe. Beaucoup d'entre nous se battent pour brûler le désespoir, mais au final, on se rend malade à porter ces armures. » Elle se penche en avant, ses mains sur ses genoux, cherchant à faire passer son message. « L'amour doit être un acte de foi, Paul. Une promesse de s'aventurer au-delà de cette peur de l'inconnu. »

En entendant ces mots, il se sent vulnérable, mais étrangement apaisé. Il commence à comprendre que la douleur fait partie intégrante de l'amour, pas un obstacle. La lumière peut briller à travers les fractures.

« Mais c'est si difficile, » réplique-t-il, une fragilité palpable dans sa voix. « J'éprouve ce besoin de me détourner de mes émotions pour me protéger, alors qu'au fond, je suis conscient que je ne peux pas grandir sans cet engagement. »

Élodie hoche la tête, un regard de compréhension. « C'est un mouvement qui demande du courage. Embrasser l'inconnu, c'est parfaitement naturel. Mais c'est là qu'il faut faire preuve d'audace et accepter cela comme une part de soi. C'est dans cette acceptation qu'on finit par trouver une certaine forme de paix. »

La sagesse qu'elle partage lui réchauffe le cœur, et il devient conscient qu'il a eu tort de mépriser les moments de vulnérabilité. À cet instant, il comprend que la connexion humaine est une danse, un balancement entre le clair et l'obscur.

« Peut-être que je devrais me permettre d'embrasser cette vulnérabilité, » murmure-t-il, la voix teintée d'une volonté nouvelle. « Reprendre contact avec mes émotions, même si cela fait peur. »

« Exactement ! Regarde déjà le chemin que tu as parcouru. Le simple fait de te poser la question montre que tu es prêt à avancer, » répond-elle, sa voix douce comme une caresse.

Affecté par sa détermination, Paul se sent rempli d'une énergie nouvelle. La peur, cette ombre familière, commence lentement à perdre son emprise. En vérité, l'amour pourrait bien être ce fil qui relie chacun d'entre nous dans cette lutte partagée.

Alors que la lumière du jour commence à décliner, Élodie se lève, un léger sourire aux lèvres. « Viens, allons profiter de cette nuit qui nous attend. Paris est encore à notre disposition, et il y a tant à découvrir. »

Paul se lève, reconnaissant que, d'une certaine façon, c'est une invitation à une nouvelle danse. Aucune certitude n'est promise, mais la possibilité d'une exploration plus intense des émotions l'excite. Peut-être que l'amour, malgré ses contradictions, pourrait être un acte d'audace, un voyage à deux vers une lumière partagée.

À mesure qu'il la suit, il sent un frisson d'espoir s'éveiller en lui. Cette nuit pourrait être le début de quelque chose de précieux. Cette aventure à travers l'inconnu, dans la ville des Lumières, peut l'aider à découvrir non seulement ses propres vérités, mais aussi les couleurs vibrantes de la connexion humaine.

« L'amour est juste ça, » se dit-il, le cœur battant déjà au rythme de cette aventure nouvelle. « Une promesse de comprendre, même dans l'absence, même dans le désespoir. »

Alors qu'ils s'enfoncent dans les ruelles parisiennes, Paul, pour la première fois depuis longtemps, se sent prêt à accueillir ce qui vient. La nuit, avec tous ses mystères, devient une aventure à explorer, un voyage à travers son propre cœur, dans lequel l'amour pourrait bien jouer le rôle principal.

Chapitre 17

Confrontation aux Fantômes

Le jour s'éveille lentement, les températures fraîches du matin noyant Paris dans une brume délicate. Paul se tient devant la fenêtre de son appartement, le regard perdu au loin, emprisonné dans une réflexion où le temps semble s'échapper. Ce matin-là, il sait avec une certaine acuité qu'il doit faire face à ce qu'il a toujours fui : son passé.

La veille, il a terminé un chapitre crucial de son livre, un mélange d'histoires d'amitiés, d'amours perdus, et de luttes personnelles. Cette écriture l'a plongé dans ses souvenirs d'enfance, mais cette fois, il sent que ces souvenirs ne sont pas seulement des échos lointains.

Ils reviennent avec une clarté troublante, tel un appel au réveil.

Qu'est-ce que l'écriture pourrait encore lui faire découvrir ? Il saisit son carnet, la plume entre les doigts, et commence à lister les sujets qui pourraient l'aider à confronter ces fantômes du passé. Cette exploration devient bientôt une aventure introspective :

L'Enfance et l'Innocence Perdue : Écrire sur les moments qui l'avaient fait sourire autrefois. Qu'est-ce qui a complété cette innocence et comment sa perte a-t-elle façonné l'homme qu'il est aujourd'hui ?

Les Trahisons et l'Abandon : Explorer les amitiés brisées et les promesses non tenues. Quelles blessures sont restées ouvertes, et comment ces expériences continuent-elles à influencer ses relations actuelles ?

Le Premier Amour : Se souvenir des premiers battements de cœur. Comment cette première expérience amoureuse a-t-elle façonné ses attentes et ses peurs aujourd'hui ?

La Mort et le Chagrin : Penser à la perte de proches. Comment cela a-t-il façonné sa vision de la vie et son rapport à l'amour ? Écrire sur la douleur et la manière dont elle a forgé son regard sur l'existence.

La Quête de Sens : Recueillir ses pensées sur ce que signifie exister dans un monde incertain. Comment ses expériences personnelles sont-elles connectées à une quête universelle de compréhension ?

L'Art comme Refuge : Explorer comment l'art — l'écriture, la peinture, la musique — l'a aidé à naviguer dans ses douleurs. Quelle place l'art a-t-il occupé dans ses luttes personnelles, et comment peut-il devenir un moyen d'exprimer ses fantômes ?

Les Échecs et la Rédemption : Écrire sur les échecs qui l'ont définis. Quelle rédemption pense-t-il pouvoir trouver à travers ses mots ? Comment peut-on transformer ses douleurs passées en force pour avancer ?

Les Rêves et les Illusions : Penser aux rêves d'enfant, aux aspirations flottantes. Comment les illusions peuvent-elles devenir des moteurs de changement, même si elles se révèlent trompeuses ?

Les idées s'égrènent alors qu'il note. Chaque sujet devient un pont vers une compréhension plus profonde de son identité. En confrontant ces fantômes, il se sent soulagé, car chaque mot écrit est un pas vers une forme d'acceptation.

C'est au moment où il achève sa liste que son regard se fixe sur une vieille photo accrochée au mur. Une image de lui enfant, riant aux éclats avec des amis d'enfance. Des souvenirs flottent autour de l'image, des éclats de rires que le temps a évoqués. « Comment ai-je pu perdre cela ? » se demande-t-il, une vague de nostalgie l'envahissant.

Il se rend compte maintenant que ces fantômes, ces souvenirs douloureux, ne sont pas là pour l'effrayer, mais pour lui offrir une occasion de faire la paix avec lui-même. Peut-être que le fait d'écrire sur ces expériences, même les plus sombres, pourrait lui permettre de les replacer en tant que pièces de son puzzle.

Alors qu'il prend une profonde inspiration, Paul se laisse happer par son désir de digger encore plus profondément. Il se met à écrire sans filtre, laissant les pensées couler. « Mes fantômes ne sont pas des démons. Ils sont des guides sur ce chemin que j'emprunte, » note-t-il.

Il imagine chaque moment douloureux comme une étoile perdue dans le ciel, et peut-être qu'à travers l'écriture, il pourrait les ramener à la vie. « Je suis celui qui a perdu des batailles, mais chaque cicatrice est un souvenir d'un combat mené. »

La clarté l'envahit alors qu'il resitue les blessures dans son esprit. Chaque pensée devient un pas vers l'acceptation. « Je dois me réconcilier avec mon passé. Je veux que ces fantômes soient des alliés, pas des geôliers. »

Alors, une idée surgit. Et s'il écrivait une lettre à l'un de ses anciens amis d'enfance ? À ce moment précis, il sait qu'il doit le faire. Une lettre comme un exercice thérapeutique pour s'expliquer, pour passer à autre chose, mais aussi pour honorer cette connexion perdue.

Les mots coulent dans son carnet : « Mon cher ami, je me souviens de ces jours où nous riions ensemble, où le monde était si simple... » et il se lance dans les souvenirs, rendant hommage à chaque moment qu'ils ont partagé.

La nuit commence à embrasser la ville, une tendresse se dévoilant dans l'obscurité. Ses pensées tournent autour de l'idée du passage du temps. « Tout ce qui passe est une leçon, et dans cette leçon, il reste une beauté à capturer, » songe-t-il, son cœur se remplissant d'une sérénité nouvelle.

Paul se rend compte que cette confrontation avec son passé était nécessaire. Ces fantômes ne sont pas des entités à fuir, mais des fragments de lui-même à accueillir. Peut-être que dans les méandres de ce qu'il a perdu, il pourra retrouver les éclats de ce qu'il est, ce qui le pousse à avancer chaque jour.

Dans cette écriture, une lumière l'éclaire. La nuit n'est plus simplement un abîme, mais une toile prête à révéler les couleurs de son existence.

Et dans ce moment d'éveil, Paul sait qu'il est prêt à faire la paix. La solitude devient alors un espace fertile pour grandir, pour s'immerger dans l'art de l'écriture. Il se promet d'explorer la complexité de son âme et de la transmettre, non seulement pour lui, mais pour tous ceux qui se battent avec leurs propres fantômes.

Se levant, le cœur léger, il s'engage à marcher vers l'inconnu. La nuit parisienne lui fait face, mais cette fois-ci, il est prêt à embrasser tout ce qu'elle offre, avec la plume pour élever sa voix.

Chapitre 18 :

La Rédemption

La nuit est tombée sur Paris, et la ville, avec son air vibrant, semble raconter des histoires à chaque coin de rue. Paul, décidé à s'engager dans une nouvelle aventure, se dirige vers une association locale qui aide les sans-abri. Après de longues réflexions sur sa vie, sur son passé et ses rêves, il est prêt à faire un pas vers l'action, vers une rédemption personnelle.

Alors qu'il arrive devant le bâtiment de l'association, une chaleur bienveillante irradie des fenêtres éclairées, contrastant avec le froid qui l'entoure. Une affiche rouge, usée par le temps, annonce la collecte de vêtements et de denrées alimentaires. En un instant, il ressent une légère angoisse contrastée par une excitante anticipation. « Est-ce que je fais vraiment ça ? » Il se laisse emprisonner par le doute, mais une voix intérieure l'encourage. Ce risque peut bien valoir le coup, pense-t-il.

À l'entrée, une femme d'un certain âge l'accueille avec un sourire chaleureux. Elle a l'air capable et vive, avec des cheveux argentés tirés en un chignon soigné. « Bonjour, jeune homme ! Prêt à donner un coup de main ce soir ? »

« Oui, je suis là pour aider, » répond-il, le cœur battant d'une impatience nouvelle.

« Très bien ! Je suis Martine, coordinatrice ici. Nous avons besoin de mains supplémentaires pour distribuer des repas et des vêtements. Ça ne devrait pas être trop compliqué ! »

Paul hoche la tête, prenant un instant pour absorber l'énergie de l'endroit. L'atmosphère est emplie de vie, de rires et de conversations chaleureuses, des sons de solidarité. Il est gravelé par une vagabonde de sourires échangés entre bénévoles et bénéficiaires, un contraste frappant avec le cynisme qui l'habitait plus tôt.

Guidé par Martine, il se dirige vers une salle spacieuse où une table est dressée pour la distribution. « On nourrit des âmes ici, » lui dit-elle, un éclat de sagesse émanant de ses yeux. « Chaque repas est une façon de rappeler à chacun qu'ils ont de la valeur, peu importe leur situation. »

Paul se met au travail, aidant à préparer les assiettes. Au fur et à mesure qu'il s'active, il commence à rencontrer des visages. Des hommes et des femmes de tous âges se rassemblent, certains souriants, d'autres plus réservés, mais chacun portant une histoire dans son regard.

Un homme âgé, la voix émoussée par la vie, s'approche de Paul. « Merci d'être là, jeune homme. Ça fait du bien de voir des visages amicaux dans ces moments. »

« Je suis heureux de pouvoir aider, » répond Paul sincèrement, touché par la gratitude de l'homme. Au fond, il réalise que cet échange humain est une des plus belles récompenses qu'il puisse recevoir.

Pendant la distribution, Paul fait la connaissance de plusieurs autres bénévole. Il échappe à sa coquille, engageant des conversations avec leurs parcours. L'un d'eux, Jack, avec une coupe de cheveux flamboyante et un enthousiasme contagieux, lui raconte comment il a décidé de donner de son temps après avoir lui-même traversé des moments difficiles.

« Nous avons tous notre bataille, n'est-ce pas ? » dit Jack en riant. « Mais ici, c'est comme une famille. On apprend à se soutenir les uns les autres. »

Paul est touché par ces histoires, un mélange de ressenti le pousse à réfléchir à ce qu'est réellement la rédemption. « La solidarité face à la lutte, » inscrit-il dans son carnet d'une main, tandis que la scène vécue l'inspire. Il pense alors à son propre chemin, à sa recherche de sens.

Au fur et à mesure que la soirée avance, Paul assiste à une scène qui le marque profondément. Une mère et son enfant, tous deux en quête de réconfort. La mère prend son temps pour expliquer à son fils qu'ils ne sont pas seuls dans cette bataille, que d'autres s'efforcent aussi de survivre.

« Regarde, mon petit, chaque sourire compte. Chaque main tendue est une promesse de lumière ! » dit-elle, la voix douce mais résolue.

Les larmes aux yeux, Paul sent une boule dans la gorge. C'est dans ces instants qu'il comprend ce que signifie la rédemption, non pas à travers une quête individuelle, mais par l'impact que chacun peut avoir sur les autres. « Chaque acte de bonté est une étincelle de vie, » se murmure-t-il, réalisant à quel point cette vérité résonne en lui.

Alors qu'il continue de distribuer des repas, il rencontre une jeune femme, Sarah, dont les yeux révèlent une profondeur de douleur dissimulée. Elle est là, attendant patiemment son tour, mais son regard perdu lui transperce le cœur. « J'étais étudiante, et puis... tout a basculé, » commence-t-elle, sa voix parfois hésitante.

Paul lui sourit, une connexion naissant instantanément entre eux. « Que s'est-il passé ? »

« J'ai perdu ce pour quoi je me battais. La solitude me rattrape, m'endort dans ce cercle infernal... » dit-elle, les larmes aux yeux. Mais le regard de Paul, un mélange de compassion et de compréhension, lui donne du courage.

« On peut toujours espérer un nouveau départ, » lui répond-il, la sincérité dans sa voix. Il pense à ses propres expériences, à la manière dont il a dû affronter ses propres fantômes. « Chaque moment devient une occasion de renouveler notre propre existence. »

À cet instant, Paul se rend compte que sa présence ici n'est pas seulement une façon d'aider, mais aussi une manière de se redécouvrir lui-même dans un monde de luttes. Chaque sourire échangé, chaque regard partagé, révèle à quel point l'humanité est liée par la fragilité de son existence. Les mots coulent et construisent une promesse partagée.

Il sort de la salle, le cœur léger, conscient d'avoir apporté un peu de sa lumière à ceux qui l'entourent. Rempli d'un sentiment de finalité, il se promet de revenir, de continuer à tisser des liens avec ces âmes, de découvrir ensemble les recoins de leurs vies.

La nuit s'avance alors qu'il quitte le bâtiment, regardant la ville humide briller sous les lumières. Ce qu'il ressent, c'est une montée d'espoir au milieu d'un monde souvent désenchanté. Paul réalise que la rédemption ne réside pas seulement dans les mots, mais dans l'engagement, l'empathie, et l'amour qu'il peut partager avec les autres.

Il sait que c'est un chemin à tracer, mais désormais, il ne se sent plus seul dans ses luttes. Le prochain chapitre de sa vie commence avec une promesse : celle de contribuer sans réserve, de se rassembler autour de cette belle énigme qu'est l'existence humaine.

Et tandis que les étoiles commencent à scintiller dans le ciel noir, Paul avance, prêt à vivre tout ce que la vie a à offrir, même au milieu des ombres.

En sortant de l'association, Paul se sent à la fois vulnérable et puissant. La nuit parisienne, illuminée par des étoiles scintillantes, semble vibrer avec une énergie nouvelle. Chaque souffle d'air frais est une promesse de renouveau. Alors qu'il s'éloigne du bâtiment, il repense aux rencontres provoquées par sa décision de devenir bénévole. Chaque visage, chaque interaction, se révèle précieuse, une Étoile perdue dans son ciel intérieur.

Il se rappelle des heures passées à distribuer des repas. Au fil des conversations, des histoires ont émergé, des fragments de vie qui ont tissé un récit partagé, un kaléidoscope d'expériences humaines. Chaque individu représentait un monde, et Paul s'est rendu compte que ces mondes étaient tous différents, mais que chacun d'eux renfermait une vérité.

Il repense à Michel, un homme d'une cinquantaine d'années, assis sur le banc de la rue, contemplant la Seine. « Ce fleuve coule comme nos vies, » lui avait-il dit un soir, sa voix empreinte de gravité. « On peut soit suivre le courant, soit se noyer en essayant de lutter contre. »

Les mots de Michel avaient résonné en lui, comme un appel à accepter l'inévitable. Ce partage avait ouvert une porte vers l'engagement. Paul se souvient avoir échangé des rires, mais aussi des réflexions profondes sur les choix de vie qu'ils avaient faits. "La douleur, elle fait partie du voyage, mais tout le monde peut apporter une lumière."

Il lui reste en mémoire le regard du vieil homme, marqué par la vie, mais illuminé par une sagesse tranquille. À cet instant, Paul comprend que les leçons qu'il tire de ces rencontres deviennent des fragments de son propre récit. Les liens qu'il tisse avec ces âmes perdues lui rappellent que la vie, même dans sa difficulté, peut être belle si l'on sait l'appréhender.

Ensuite, il se souvient de Sarah, cette jeune femme de vingt ans, aux mains tremblantes alors qu'elle tentait de récupérer son dîner. « Quand on a tout perdu, comment peut-on encore rêver de demain ? » avait-elle demandé, son regard fixé sur le sol, à peine en mesure de maintenir sa voix. « Chaque matin est une lutte pour se réveiller, » avait-elle continué, une fragilité palpable dans ses mots.

L'empathie de Paul s'était éveillée en elle à travers leur échange. Il lui avait répondu : « Chaque jour qui passe est une nouvelle opportunité. Peut-être qu'en te consacrant à des choses simples, tu pourras retrouver ce qui te fait vivre. » En voyant la lueur d'espoir briller dans ses yeux, Paul avait compris combien son propre désir de contribuer à cette quête collective était fervent.

Les mots qu'il avait partagés avec elle l'avaient touché. C'était une empreinte qui allait au-delà de lui-même, une compréhension que ses luttes n'étaient pas en vain. Le véritable défi résidait, de part et d'autre, dans la capacité d'avancer ensemble, d'apprendre de ceux qui l'entourent.

Ces souvenirs continuent de le nourrir, et alors qu'il marche sous la voûte étoilée, il ressent une chaleur s'installer dans son cœur. Hier, il était encore cet homme prisonnier de ses peurs, mais aujourd'hui, il se surprend à penser que sa vulnérabilité peut se transformer en force. Ses rencontres, ces échanges semblent être des fils tissés entre leurs vies, brodant ainsi un sens plus profond.

Il s'arrête un instant, perdant son regard dans les lumières de la ville. « L'inconnu a quelque chose à m'apprendre, quelque part sur ce chemin, » murmure-t-il, réalisant qu'il doit continuer à explorer le monde au-delà de sa bulle.

Peu à peu, ses pas le dirigent vers le canal où, il l'espère, il pourra réfléchir en paix. De petites lueurs s'allument sur les quais, témoignant de la vie nocturne qui continue à se dérouler. Au pied du canal, une douce mélodie s'élève, attirant son attention.

Il se rapproche, et découvre un groupe de musiciens, des vocalistes et des guitaristes dont la musique évoque une mélancolie séductrice. Les voix s'élèvent, évoquant des histoires de rêves brisés et d'espoir. Paul, touché par cette impression, se rend compte qu'il n'est pas seul dans sa quête d'authenticité.

L'un des musiciens, malgré sa présence atténuée, arbore un sourire sincère, comme s'il témoignait d'une résilience. Paul se laisse emporter par la mélodie. Il s'assoit sur le bord du canal, cherchant à se perdre dans cette musique qui résonne avec ses propres luttes intérieures.

Les paroles des chants flottent autour de lui, le remémorant des promesses et des rêves des sans-abri qu'il a rencontrés. Les histoires tissées ensemble par la musique deviennent une étreinte chaleureuse, une communion d'âmes.

Il ferme les yeux pour écouter, laissant les émotions l'envahir. La mélancolie devient une amie, un écho des souvenirs partagés. Il commence à comprendre que, même dans la douleur, la beauté peut surgir. Peut-être que ce qu'il ressent est le reflet des luttes humaines universelles, et chaque refrain rappelle que ces épreuves font partie d'un chemin.

« L'amour, la perte, la mélodie, » murmure-t-il, les mots dansant sur sa langue. « Tout cela, même à travers la déception, crée une chaîne d'empathie. Les mots chantés portent nos vérités. »

Avec cette idée en tête, il se sent prêt à écrire de nouveau. L'écriture devient alors un dialogue avec lui-même, une exploration de chaque face de l'existence. Sur son carnet, il commence à esquisser des pensées sur ces rencontres, ces musiques, ces instants fugaces qui valent la peine d'être vécus.

Il laisse chaque mot illustrer la patchwork de sa vie, composant un récit qui honore les fragilités et les espoirs. Les souvenirs des autres fusionnent avec ses propres réflexions, et il comprend que cette reconstruction pourrait lui donner les clés de sa renaissance.

Alors qu'il regarde l'eau scintiller sous la lueur des étoiles, Paul se sent prêt à affronter ce qui se présente à lui. L'être humain est un mystère, une énigme, mais aussi une belle mélodie. Avec chaque note, il se promet de continuer de chercher, de ne pas perdre cette connexion humaine précieuse.

« Je vivrai pour ces histoires, pour cet art d'écrire, car c'est ce qui me connecte à la vie, » pense-t-il, déterminé à poursuivre cette voie, prêt à partager avec le monde les complexités et les beautés de la condition humaine.

Et ensemble, dans cette danse des ombres et des lumières, il renaît sous l'étoile du jour, l'agitation de la nuit ne pouvant plus l'atteindre.

Chapitre 19

Printemps de l'Espoir

Le jour s'épanouit sur Paris, comme une toile fraîchement peinte pleine de couleurs vives et de promesses. Paul se réveille avec la lumière douce du matin qui filtre à travers les rideaux de sa chambre. Le sol est immuable, mais en lui, une sensation de renouveau l'envahit, comme si chaque bâillement et chaque mouvement l'appelaient à redécouvrir le monde.

Assis à son bureau, il ouvre son carnet avec ferveur. Les pages, désormais remplies des mots de ses réflexions, semblent vibrer sous ses doigts. La plume danse sur le papier, capturant une énergie qui témoigne d'un printemps tardif dans son cœur. « Mes luttes deviennent des histoires, et mes histoires, des forces, » inscrit-il, le sourire aux lèvres.

Le vent léger qui s'immisce par la fenêtre invite des pensées nouvelles. Il se lève, quitte son appartement et fait face à la lumière frappante de l'extérieur. La vie s'éveillant sous ses yeux est un spectacle à contempler avec émerveillement. Les passants font résonner des éclats de voix, des rires, créant un orchestre de réalisations.

Il descend les escaliers, s'imprégnant de cette atmosphère vibrante. Les couleurs plus évidentes, les odeurs de fleurs au printemps, tout semble transformé. « La beauté du monde s'épanouit malgré l'obscurité, » se dit-il en souriant, un sentiment de gratitude envers la vie grandissant en lui.

En marchant le long des quais de la Seine, il remarque les bateaux-mouches naviguant doucement sur l'eau, le bruit des moteurs se mêlant aux rires et à la musique qui émane des terrasses. Paul réalise à quel point tout cela le touche, et c'est une première depuis un moment.

Il se promet de réévaluer son parcours jusqu'ici, en tenant compte des leçons apprises. Il pense à ses rencontres dans les catacombes, à ses conversations avec Clara et Léa, et à l'échange précieux avec l'écrivain. Tous ces instants forment un réseau, une tapisserie d'humanité qui le connecte à la vie.

Paul se dirige vers le jardin des Tuileries, un lieu qu'il aime pour son calme et sa beauté. En y pénétrant, il est accueilli par une explosion de couleurs. Les tulipes, les jonquilles et les cerisiers en fleurs créent un tableau vivant qui souligne ce renouveau. « Comme un printemps dans mon cœur, » murmure-t-il devant cette scène.

Il s'installe sur un banc et observe les gens. Des enfants rient, des couples se tiennent par la main, des amis partagent des rires et des projets. Chaque visage semble porter une étincelle de vie. Paul se dit que, de ce désespoir partagé, il existe des liens, un souffle d'espoir.

« La vie est une danse, après tout. On suit le rythme, même si celui-ci s'appelle la douleur, » écrit-il dans son carnet, le mot se mue en promesse. « Accepter cela pourrait être la première étape vers la guérison. »

Tout en laissant ses pensées s'envoler, il se rend compte que le changement se ressent au-delà de lui. Il jette un œil à cette lumière dorée qui baigne le jardin. Cette luminosité, cette chaleur l'enveloppe, comme si la ville entière avait décidé de lui offrir un renouveau. « Je vais embrasser cela et ouvrir mon cœur au monde, » pense-t-il, la détermination s'insinuant en lui.

Paul décide alors de rendre visite à l'association où il avait donné de son temps pour les sans-abri. Cette expérience l'a profondément ému, et il désire s'impliquer davantage. En rejoignant cet endroit, il espère offrir un peu de lumière à ceux qui vivent dans l'ombre.

Alors qu'il traverse les rues animées, il prend conscience de l'énergie qui l'entoure. La circulation, les discussions, les rires. Chaque instant devient une célébration de la vie elle-même, et cela réveille en lui une flamme qu'il pensait éteinte.

À son arrivée à l'association, l'atmosphère à l'intérieur est vivante. Certains bénévoles sont déjà en train de s'organiser pour préparer des repas. Martine, la coordinatrice, l'accueille avec un sourire. « Paul ! Ravi de te voir à nouveau ! On aurait besoin de bras supplémentaires aujourd'hui, toujours une nouvelle journée à partager. »

« Je suis ici pour ça ! » répond-il, le cœur débordant d'enthousiasme.

Il se lance immédiatement dans les préparatifs, se mêlant aux autres. Au fur et à mesure qu'il travaille avec eux, il sent une chaleur humaine circuler, un sentiment d'appartenance qui le nourrit. Ensemble, ils rient, échangent des histoires, et la solidarité se tisse lentement.

Un moment fort se produit lorsqu'un homme se lève, son regard chargé de gratitude. « Je ne peux pas vous dire à quel point ces repas signifient pour nous. Parfois, une simple assiette peut faire toute la différence » dit-il, et les retrouvailles d'émotions partagées s'installent.

Paul, touché par ses mots, se rend compte que ce qu'il fait ici est essentiel. C'est une manière de lutter contre ses propres démons en reconnectant avec l'humanité qui l'entoure. Chaque sourire qu'il reçoit est un élan d'espoir, une invitation à continuer.

Après une longue matinée de travail, Paul prend une pause à l'extérieur de l'association. La lumière du jour l'enveloppe comme un doux réchauffement alors qu'il contemple la ville vibrant d'humanité. La mélodie de la vie, les rires et les cris, tout cela forme une partition qu'il a désormais le désir de partager.

Amour et espoir, se dit-il. Chaque regard croisé a son histoire, et chaque histoire a la capacité de guérir. Cette cohabitation avec ses luttes, ce souhait de faire le bien, insuffle en lui une chaleur nouvelle. Il se rend compte que cette quête n'est pas seulement une affaire personnelle, mais un appel universel.

Il retourne à l'intérieur, le cœur regorgeant de motivation. Il sait maintenant que chaque acte de bienveillance compte, même s'il semble insignifiant. Toute cette journée a contribué à transformer ses pensées.

« Paul ! » l'appelle Martine alors qu'il entre à nouveau. « Regarde ce que nous avons construit ensemble ! »

Ébahit, il observe les sans-abri rassemblés autour d'une table, leurs sourires illuminant leurs visages fatigués. « Vous faites un travail remarquable ici, » dit-il, touché.

« C'est une équipe, Paul. Chaque effort apporte une lueur d'espérance à ceux qui en ont besoin. Et toi, ta présence ici représente aussi une belle part de la lumière que tu peux apporter. »

Alors qu'il absorbe ces paroles, il sait qu'il est déjà sur la voie d'un nouveau chapitre de sa vie – un chapitre dans lequel il embrassera à la fois la douleur de son passé et l'espoir du futur. Chaque instant devient une pierre précieuse à ajouter à son récit, chaque rencontre, une histoire à écrire.

Et alors qu'il quitte l'association ce soir-là, le cœur empli de gratitudes et de lueurs d'espoir, il se sent enfin prêt à prendre un nouveau départ, avec l'ambition de partager ces histoires de désespoir et d'espoir à travers son écriture. Son regard, désormais tourné vers le futur, embrasse tout ce que la vie a encore à lui offrir.

Chapitre 20

L'Horizon Nouveau

Une nuit calme s'est installée sur Paris, enveloppant la ville d'un silence apaisant, ponctué par les bruits lointains de la vie nocturne. Paul est assis à son bureau, son carnet ouvert devant lui. La lumière d'une lampe éclaire les pages sur lesquelles il a versé tant de pensées, de doutes et d'histoires. Ce soir, il est prêt à tirer le rideau sur un chapitre de sa vie.

Cela fait des semaines qu'il écrit, des mois même, chaque page le rapprochant un peu plus de sa vérité. Au fil de ses réflexions, il a redécouvert des facettes de lui-même qu'il avait négligées, comme un peintre redécouvrant la palette de couleurs oubliées. Les rencontres avec des âmes perdues, les moments de partage, et les amitiés nourries l'ont poussé à voir le monde sous un autre angle.

Il repose sa plume, prenant un instant pour contempler le carnet qui a été son compagnon de route. « Ce voyage, » commence-t-il à écrire, « n'a pas seulement été une exploration de l'art et de l'écriture, mais aussi une manière de comprendre mon propre cœur, mes propres luttes. Chaque mot ici encapsule une part de moi. »

En écrivant, il se remémore les leçons qu'il a apprises, aussi bien de la douleur que de la joie. La dualité de cette existence humaine, le paradoxe d'aimer et de souffrir, de rêver et d'être déçu. Il reconnaît que ces expériences lui ont permis de capturer une essence qu'il aimerait partager.

« Comment provoquer cette transformation ? » se demande-t-il, ses pensées vagabondant. « Comment faire en sorte que mes mots résonnent avec d'autres, éveillent des consciences, apportent réconfort ? »

Il sait que le processus d'écriture n'est pas seulement une affaire d'écriture, mais une invitation à la découverte de l'humanité. Dans cet espace, Paul réalise ce qui l'a conduit à écrire. La douleur partagée, le désespoir de certains, et les éclats de lumière d'autres font tous partie d'une même mélodie.

En relisant les passages remplis d'honnêteté et de vulnérabilité, il comprend à quel point il a évolué. Chaque chapitre a été un pas vers la réconciliation avec soi-même. Et maintenant, il est prêt à écrire un dernier chapitre qui liera tout cela ensemble, celui qui le projettera vers un nouvel horizon.

« Je quitte derrière moi des peurs pour accueillir la possibilité de grandir, » écrit-il. Chaque mot coule avec une détermination accrue. Ce manuscrit est bien plus qu'un livre, c'est le reflet de sa croissance personnelle.

En finissant le dernier passage, une vague d'émotion l'envahit. C'est comme s'il achève un voyage qui, bien qu'angoissant, lui a ouvert des portes qu'il n'aurait jamais envisagées auparavant. « La vie est un voyage, » note-t-il avec une clarté soudaine, « et chaque rencontre, chaque épreuve, est une étape sur ce chemin.

Il se lève lentement, se dirigeant vers la fenêtre. La nuit parisienne s'étend devant lui, pleine d'étoiles. « Qui sait ? Peut-être que ce que j'ai écrit ici touchera d'autres âmes perdues. Peut-être que chaque histoire a le pouvoir de résonner chez quelqu'un, de déclencher une étincelle de lumière où il n'y en a pas. »

Le vent frais entre par la fenêtre, et Paul ferme les yeux un instant, inspirant profondément. Il ressent un sentiment d'appartenance, une connexion à quelque chose de plus grand que lui. La ville n'est plus seulement un décor ; elle est un personnage à part entière, composé de luttes, de rires, et de rêves.

Alors qu'il ouvre à nouveau les yeux, une nouvelle détermination s'installe. L'idée de partager son parcours le hante — il doit le faire. L'écriture est un acte de courage, mais c'est aussi un acte d'amour. Un amour envers soi-même et envers les autres, offrant la possibilité de créer des ponts au lieu de murs.

« Prendre la parole, c'est briser les chaînes, » pense-t-il. Le poids de ses luttes devient un moteur, une force qui le pousse à plonger dans l'inconnu. Ce livre, une invitation à explorer le cœur humain, devient une manière de donner un sens à ses douleurs, mais aussi de partager des joies.

Paul se retourne alors pour regarder son carnet à côté de lui, le cœur bondissant d'excitation. Ce qu'il a écrit est un reflet de ses combats, mais surtout de ses espoirs. Et si le monde l'accepte, il sera prêt à embrasser ce nouveau chapitre, cette nouvelle aventure.

Il sait qu'en se dévoilant, il n'est pas seulement en quête d'un écho, mais il offre à d'autres la possibilité de se relier à leurs propres luttes. « Chaque mot écrit est une promesse de lumière, » conclut-il alors, s'animant d'une énergie nouvelle.

La nuit passe lentement alors qu'il s'apprête à envoyer son manuscrit aux éditeurs. Il se dit que cela pourrait signifier le début d'un nouveau voyage, une chance de renverser les idées d'ombre en quelque chose de précieux.

Paul se sent prêt à affronter toutes les incertitudes qui l'attendent. La vie, avec toutes ses nuances, ses douleurs et ses joies, commence à se teinter d'une lumière vibrante d'espoir. Et alors qu'il termine cette nuit nocturne, un sourire calme se dessine sur son visage.

Il est, après tout, sur le point de s'élancer vers cet horizon

∞∞∞∞

∞∞∞

∞

Conclusion

Paul a traversé un voyage tumultueux à travers les méandres de sa propre existence, un parcours entre ombre et lumière sur fond de vie parisienne. Ce récit commence dans les abysses de son cynisme, où il se perd dans ses doutes, ses peurs et ses souvenirs imprégnés de désespoir. Mais à mesure qu'il se confronte aux réalités de l'humanité — que ce soit à travers des rencontres avec des sans-abri, des artistes de rue, ou des amis en quête — il trouve peu à peu des fragments d'espoir cachés dans ses interactions.

Ce processus d'écriture devient non seulement un acte de catharsis, mais aussi un moyen de relier son propre parcours aux luttes et aux échos des autres. Les mots se transforment en une danse vibrant le souvenir de chaque sourire croisé, de chaque douleur révélée, et de chaque moment de connexion profonde. À travers les pages de son carnet, Paul commence à apprendre à embrasser ses ombres, à les transformer en une force créatrice.

En rencontrant des figures inspirantes, comme l'écrivain plus âgé et Clara, il découvre la beauté de la vulnérabilité et le pouvoir de l'authenticité. Ce qui l'a changé, ce n'est pas simplement son engagement envers l'écriture, mais la capacité de prendre conscience que chaque être humain porte en lui une histoire qui mérite d'être entendue. L'amour, l'amitié, et même les déceptions deviennent des outils d'exploration personnelle.

Paul comprend finalement que la vie, dans toutes ses nuances, est une constante évolution. Une acceptation des pertes et des déceptions, mais aussi une célébration des relations humaines et des espoirs partagés. Il apprend à voir et à saisir les opportunités autour de lui, faisant de son passé une source de force, plutôt qu'un poids à porter.

Alors qu'il termine son livre, une nouvelle aube se lève. Il s'engage à partager son histoire, non seulement pour se libérer, mais aussi pour toucher d'autres âmes qui pourraient trouver réconfort dans ses mots. Avec un cœur renouvelé et une plume en main, Paul se prépare à embrasser un avenir lumineux, où chaque rencontre devient une chance d'explorer les profondeurs de la condition humaine.
de vérité et de connexion, il découvre que le voyage d'écriture et d'introspection est tout aussi crucial que chaque page qu'il a composée. Participer à la danse de la vie,

L'histoire de Paul ne se termine pas ici. Au contraire, elle commence. Dans cette quête même à travers la douleur, lui ouvre les yeux sur les possibilités infinies qui l'attendent.

Paul se lève, prêt à écrire non seulement son histoire mais aussi celles de ceux qu'il a rencontrés. C'est dans cette connexion qu'il trouve la véritable essence de l'amour — un lien indéfectible qui, même à travers l'épreuve, le relie à l'éternelle promesse du voyage.

Et maintenant, avec l'horizon devant lui, il sait que la vie est un récit encore à écrire, un voyage à découvrir, où chaque mot, chaque souffle, chaque battement représente la beauté des nuances que l'on appelle existence.

Message pour Ceux dans le Doute

À toutes les âmes perdues, aux cœurs alourdis par les incertitudes de la vie, vous n'êtes pas seuls. Chaque jour qui passe peut sembler un combat sans fin, mais sachez qu'il n'y a pas de chemin tout tracé, et chaque chemin est unique. Votre lutte est légitime, même si vous ne la ressentez pas toujours.

Il est facile de se laisser submerger par le poids du monde, de se perdre dans les doutes et les angoisses. Mais dans chaque ténèbre se cache une lueur. Souvent, elle scintille avec une discrétion écrasante, attendant que vous choisissiez de lui accorder votre attention. Le doute est un compagnon sournois, mais il ne détermine pas qui vous êtes ni ce que vous pouvez devenir.

Rappelez-vous que chaque échec, chaque coup dur que vous traversez ne fait pas de vous un perdant. C'est un pas vers votre véritable essence. Dans le creux de la douleur, il y a des leçons à apprendre, des forces à découvrir. N'ayez crainte, car des fissures que vous ressentez peuvent devenir le lieu même où les nouvelles lumières pénètrent.

Chaque personne que vous admirez, chaque rêve que vous enviez, chaque réussite que vous jalousez a émergé d'une tentative — souvent faite dans le désespoir. Derrière chaque sourire, se cache une lutte. Osez vous fragiliser pour comprendre que même les montagnes les plus imposantes sont sculptées par la persévérance face aux intempéries.

À chaque fois que vous doutez de vous-même, rappelez-vous que la progression se trouve dans l'action, même minime. Prenez cela comme un défi personnel. Aujourd'hui, écrivez une phrase, faites un pas en avant, entamez une conversation. Osez rêver, rêver grand, même si ces rêves semblent irréalisables.

Sachez que votre voix a de la valeur. Vos pensées, vos passions et vos émotions sont des éléments cruciaux capables d'alimenter votre propre flamme. Vous n'êtes pas là par accident ; votre existence a un but. Même si ce but semble flou pour l'instant, il pourra se dégager à mesure que vous fermez la boucle sur vos expériences.

Regardez autour de vous, sentez cette énergie qui vous entoure. Vous faites partie d'un tissu d'humanité, un grand récit dans lequel chaque fil compte. Ne sous-estimez jamais l'impact de vos mots, de vos gestes, de votre solidarité.

Alors, croyez en vous. Vous avez la force de surmonter les tempêtes qui semblent si dévastatrices en ce moment. Remplissez votre cœur de confiance, même si elle peut sembler fragile. Embrassez vos imperfections, car elles sont les couleurs qui ajoutent des nuances à votre tableau de vie.

Chaque jour est une nouvelle page qui attend d'être écrite. Vous possédez la plume. Engagez-vous à écrire avec audace, à revendiquer votre place dans ce monde, tout en vous rappelant que vous êtes capable de transformer vos doutes en force créatrice.

Soyez réceptifs à l'appel de la vie, à ce souffle d'énergie qui vous pousse à avancer et à explorer chaque facette de votre existence. Les étoiles brillent même lorsque le ciel est nuageux. Ne vous laissez pas abattre par le doute. Vous êtes devenus ce que vous croyez, et vous valez bien plus que vous ne le pensez.

Avancez avec courage, et n'oubliez jamais que même dans l'incertitude, il y a toujours une possibilité pour la lumière de faire irruption.

Remerciements

À mes amis et mentors :

Thomas Lefèvre
Pour sa passion contagieuse et son énergie inspirante, toujours là pour me pousser à sortir de ma zone de confort et à embrasser l'inconnu.

Léa Martin
Pour sa lumière et sa joie de vivre, qui m'ont rappelé que même lorsque les doutes m'étouffent, il y a de la beauté à trouver dans l'instant.

Clara Dubois
Pour ses réflexions profondes et sa capacité à voir la vérité dans mes ombres, m'encourageant à accepter ma vulnérabilité comme une force.

Henri Moreau
Mon mentor écrivain, dont les conseils sages et les encouragements m'ont donné la force d'explorer mes propres vérités à travers l'écriture.

Martine Dupont

Coordinatrice de l'association, pour son incroyable travail au service des plus démunis, et pour m'avoir ouvert les yeux sur la force de l'empathie et de la communauté.

À ma famille :

Marie et Jean (mes parents)
Pour leur amour inconditionnel et leur soutien indéfectible. Même dans la douleur des souvenirs, ils m'ont appris la valeur de la résilience et de l'espoir.
À tous ceux que j'ai croisés :

Michel, le sage des catacombes, dont les mots m'ont permis de comprendre la profondeur des luttes humaines et le potentiel de changement qu'elles recèlent.

Sarah, la jeune femme au regard triste, pour m'avoir rappelé que même au cœur de l'obscurité, il y a toujours une chance de rédemption.

Le groupe d'artistes de rue
Pour avoir partagé leur passion et leur créativité, montrant que chaque histoire, aussi absente qu'elle soit, mérite d'être racontée.

Les sans-abri, que j'ai rencontrés, pour m'avoir tendu un miroir. Ils m'ont appris que la dignité humaine peut briller même dans les moments les plus sombres.

Cette histoire est le fruit de mes interactions avec chacun d'eux, et je leur en suis profondément reconnaissant. À travers leurs histoires et leurs luttes, j'ai découvert ma propre voix, et cela fait toute la différence.

Livres à Conseiller

"L'Étranger" de Albert Camus
Une œuvre fondamentale sur l'absurde et la condition humaine, explorant le désespoir et l'indifférence face à la vie.

"Le Petit Prince" de Antoine de Saint-Exupéry
Un conte philosophique qui aborde des thèmes profonds sur l'amitié, l'amour et la perte à travers les yeux d'un enfant.

"Des Souris et des Hommes" de John Steinbeck
Une exploration poignante de l'amitié et des rêves, confrontée à la réalité d'une vie difficile dans l'Amérique des années 30.

"La Nuit des temps" de René Barjavel
Une réflexion sur le passage du temps et la quête de sens à travers l'amour et la lutte contre l'érosion du temps.

"Mange, Prie, Aime" de Elizabeth Gilbert

Un récit de découverte de soi remplissant de réflexions inspirantes sur le voyage de la vie, la guérison et la recherche du bonheur.

"Le Dieu des petites choses" de Arundhati Roy
Une exposition sur la complexité des relations humaines, l'amour et les blessures du passé en toile de fond d'une réalité sociale difficile.

"Siddhartha" de Hermann Hesse
Un roman sur la quête spirituelle, la recherche de soi et l'apprentissage à travers les épreuves de la vie.

"L'Alchimiste" de Paulo Coelho
Un récit sur la poursuite des rêves, ce que cela signifie de suivre son cœur et de reconnaître les signes du destin.

"Le Courage de ne pas plaire" de F. Scott Fitzgerald
Un essai qui interroge notre rapport aux attentes sociales et à l'expression de soi en période de turbulences.

"Les Choses" de Georges Perec
Une réflexion sur la consommation et la quête d'identité dans une société moderne, exposant de manière troublante le vide existentiel.

"Homo Deus : Une brève histoire de l'avenir" de Yuval Noah Harari
Bien que différent, ce livre explore la condition humaine, les aspirations et les défis dans un monde en constante évolution.

"L'Art de la joie" de Goliarda Sapienza
Un parcours de vie qui évoque la quête de la liberté et le combat pour vivre sa vérité dans un monde souvent aliénant.

Ces livres, chacun à leur manière, abordent des thèmes universels qui encouragent la réflexion sur soi, les relations humaines, l'amour, et le sens de la vie. Ils pourraient enrichir les perspectives de ceux qui traversent des moments de doute et illustrer la profondeur des expériences humaines.

Voici une liste d'adresses et de ressources qui offrent de l'aide aux personnes confrontées à des violences, qu'elles soient domestiques, psychologiques ou liées à d'autres formes d'abus. Ces organisations peuvent fournir soutien, conseils et assistance.

Ressources d'Aide et de Soutien
France victimes

Site internet : France Victimes
Contact : 116 006 (numéro national d'écoute)
Offre un soutien aux victimes de toutes sortes de crimes, y compris les violences domestiques.
SOS Violences Conjugales

Site internet : SOS Violences Conjugales
Contact : 0 800 00 47 22 (disponible 24 heures sur 24, 7 jours sur 7)
Propose de l'écoute, des conseils, et un accompagnement pour les victimes de violences conjugales.
Fédération Nationale des Associations Élues contre les Violences faites aux Femmes (FNAFV)

Site internet : FNAFV
Cette fédération regroupe plusieurs associations qui luttent contre les violences faites aux femmes.

Association A.A.V.F. (Aide aux Victimes de Violences Familiales)

Site internet : AAVF
Propose un accompagnement psychologique, juridique, et social pour les victimes de violences.
CIVOF (Centre d'Information sur les Violences faites aux Femmes)

Site internet : CIVOF
Propose diverses ressources et numéros d'écoute pour les femmes victimes de violences.
Numéro d'écoute national contre les violences sexuelles et sexistes

Contact : 3919 (disponible 24h/24)
Pour les victimes de violences sexuelles : ce service offre une écoute, des conseils et des informations sur les droits et l'accompagnement.

Site internet : Ensemble contre la Violence
Un réseau de soutien pour les personnes touchées par la violence, incluant des ressources et témoignages.
Ligue des Droits de l'Homme (LDH)

Site internet : LDH

Organisme qui lutte contre toutes les discriminations, violences et inégalités. Ils offrent des informations sur les droits et l'accès aux ressources.
Secours Catholique

Site internet : Secours Catholique
Lien utile pour les victimes de violences en détresse financière, offrant une assistance et des ressources diverses.
Écoute Violences Femmes

Site internet : Écoute Violences Femmes
Ligne d'écoute qui fournit des informations et un soutien aux femmes victimes de violences.
Ressources pour les Hommes Victimes
SIDACTION

Site internet : Sidaction
Bien qu'ils se concentrent sur le SIDA, ils offrent également des ressources pour les hommes victimes de violences, soulignant l'importance de l'écoute et du soutien.
Unis – Réseau des hommes et des violences

Site internet : Unis
Une plateforme qui met en lumière les violences faites aux hommes et propose des ressources d'aide.

Ces ressources, disponibles en France, offrent un soutien précieux à ceux qui en ont besoin. C'est crucial, que ce soit en matière de soutien psychologique, d'accompagnement juridique ou de services d'écoute. Si tu es dans une situation d'urgence, je t'encourage fortement à contacter l'une de ces organisations pour obtenir rapidement de l'aide et des conseils.

Poème en conclusion, inspiré par les thèmes et les expériences du livre.

Entre Ombres et Lumières
Dans la ville des rêves, où les ombres dansent,
Les cœurs se débattent dans une douce errance.
Les visages croisent des histoires à raconter,
Dans le tumulte humain, une quête à exalter.

Les rires échos, les larmes d'hier,
Chaque âme fragile porte un lourd mystère.
Un amour avorté, un sourire volé,
Dans chaque regard, un élan de beauté.

Fuir ou affronter, quel est le bon choix ?
Dans l'écrire, l'espérer, trouver sa voie.
Les mots se tissent, des fils de vérité,
Sur la toile du cœur, des récits à libérer.

Les rencontres se chuchotent, légères comme un chant,
Chacune une étoile, un reflet d'un moment.
Consoler la douleur, embrasser le passé,
Créer de l'art de nos luttes entremêlées.

Oh, douce mélancolie, ressource inépuisable,

Transformant les doutes en échos admirables.
La promesse d'un demain, l'espoir d'une lueur,
D'une plume engagée, jaillit alors le cœur.

À travers les méandres, j'apprends à avancer,
Chaque ombre, chaque lumière, une chance à saisir.
Pour que mon écriture, comme un vent de renouveau,
Emporte des histoires et ouvre des cerveaux.

Ainsi dans cette danse, entre émotions et vents,
Je respire, je crée, et je deviens vivant.
Au fil des pages, je tisse mes rêves,
Et dans chaque mot, l'humanité s'élève.

© 2025 Henri Encina
Édition : BoD · Books on Demand,
31 avenue Saint-Rémy, 57600 Forbach, bod@bod.fr
Impression : Libri Plureos GmbH,
Friedensallee 273, 22763 Hamburg (Allemagne)
ISBN : 978-2-3225-5615-1